渡世人伊三郎 血風天城《あまぎ》越え

黒崎裕一郎

祥伝社文庫

目次

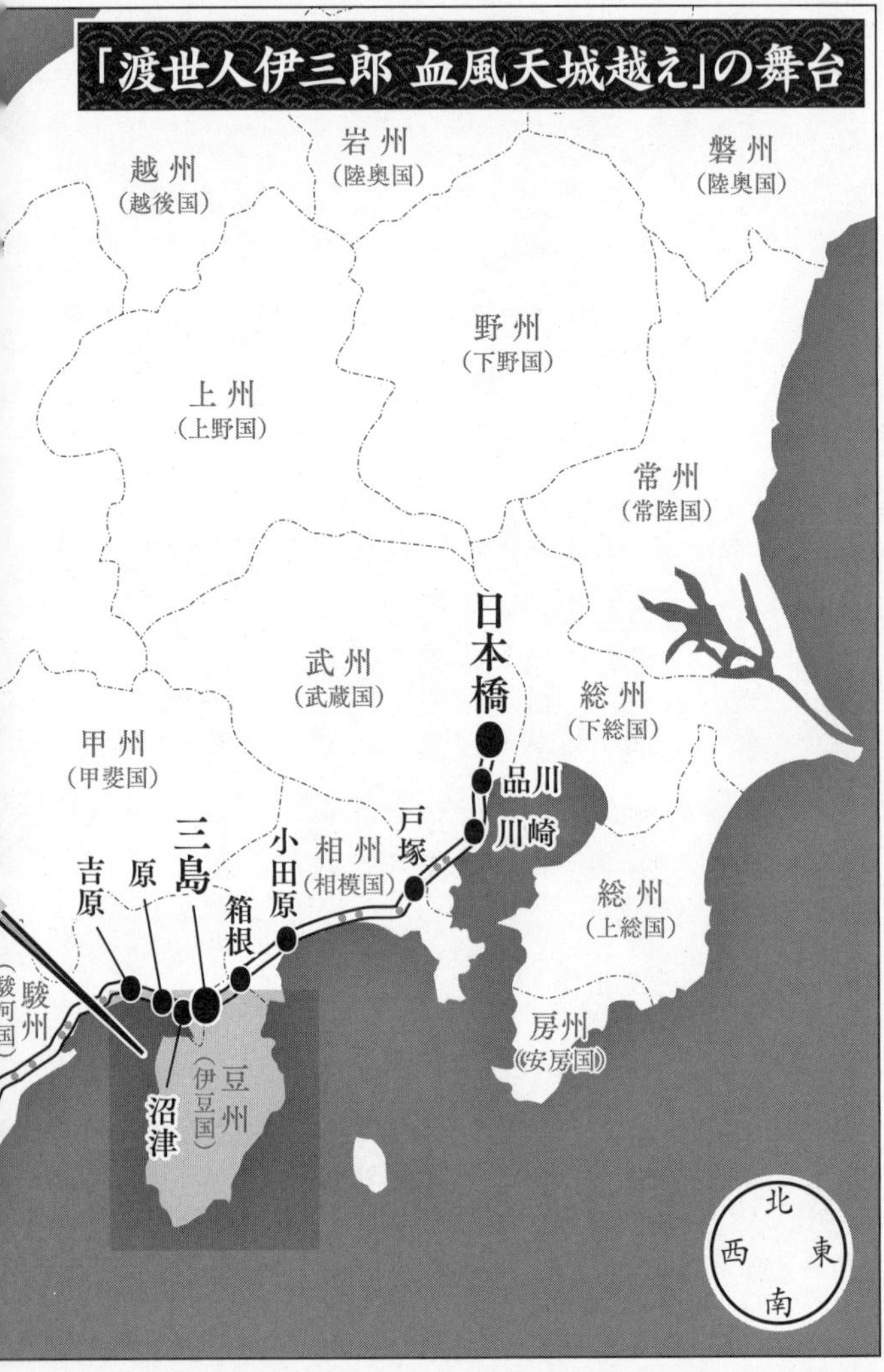
「渡世人伊三郎 血風天城越え」の舞台
岩州
(陸奥国)
磐州
(陸奥国)
越州
(越後国)
野州
(下野国)
上州
(上野国)
常州
(常陸国)
日本橋
武州
(武蔵国)
総州
(下総国)
甲州
(甲斐国)
品川
川崎
戸塚
小田原
相州
(相模国)
三島
原
吉原
箱根
総州
(上総国)
駿州
(駿河国)
房州
(安房国)
豆州
(伊豆国)
沼津
北
西
東
南

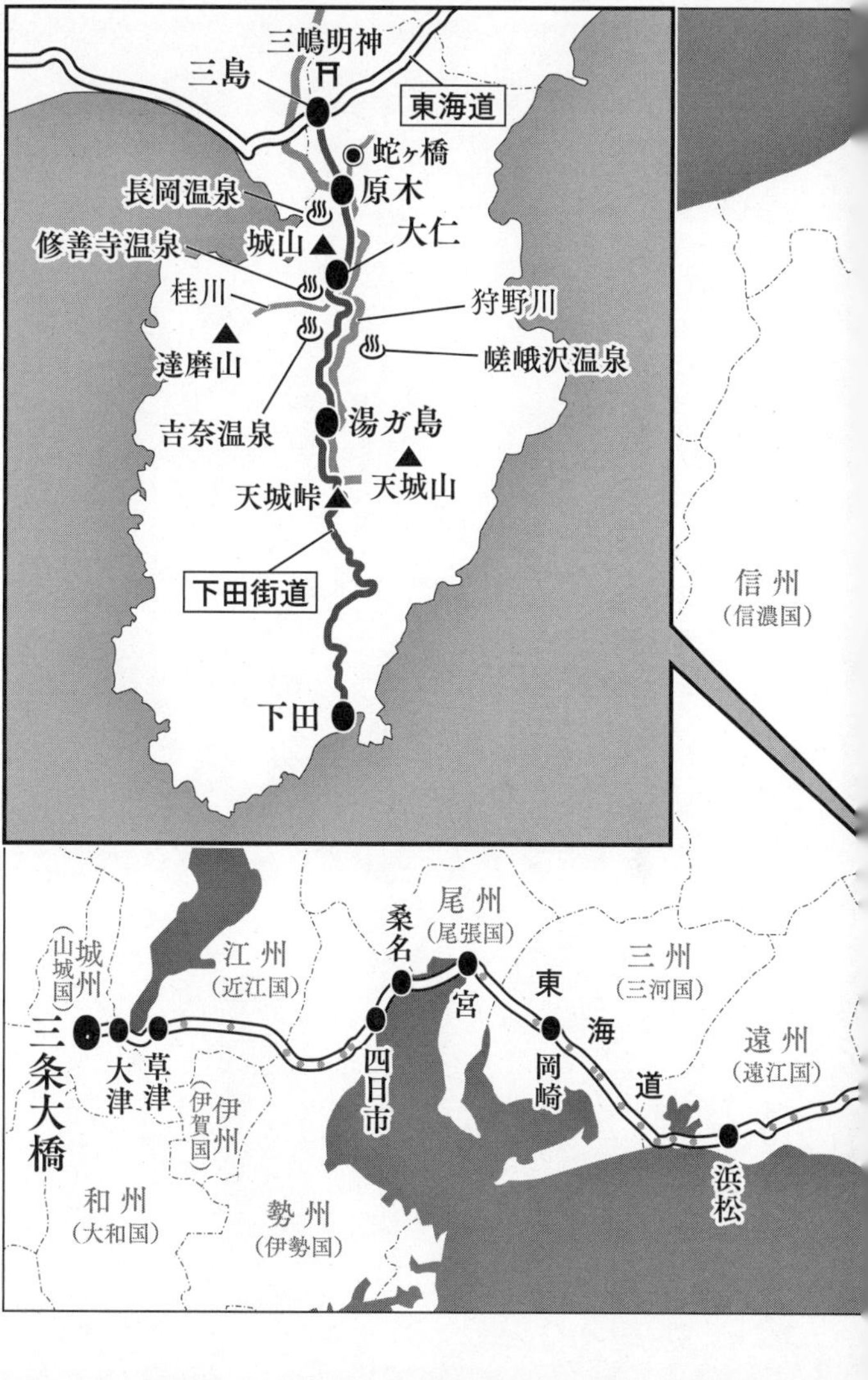
三嶋明神
三島
東海道
蛇ヶ橋
原木
長岡温泉
大仁
城山
修善寺温泉
桂川
狩野川
達磨山
嵯峨沢温泉
湯ガ島
吉奈温泉
天城山
天城峠
下田街道
下田
信州
(信濃国)
城州
(山城国)
三条大橋
大津
草津
江州
(近江国)
伊州
(伊賀国)
和州
(大和国)
勢州
(伊勢国)
桑名
四日市
尾州
(尾張国)
宮
東海道
岡崎
三州
(三河国)
遠州
(遠江国)
浜松

地図作成／三潮社

第一章　相宿《あいやど》の男

1

天保《てんぽう》九年（一八三八）戊戌《つちのえいぬ》、三月。

この年は閏年《うるうどし》なので四月が二度あった。正《しょう》の四月一日は新暦（グレゴリオ暦）の四月二十四日、閏の四月一日は新暦の五月二十四日に当たる。従って一年は十三カ月になり、日数は新暦より十九日多い三百八十四日あった。

陰暦の三月なかばは、春たけなわである。

陽がかたむいて、西の空をほんのりと茜《あかね》色に染めはじめているが、頭上にはまだ青い空が残っていた。藍《あい》色に近いその青空に、真っ白な真綿《まわた》雲が一つ、ぽっかりと浮いている。風もなく、おだやかな春の黄昏《たそがれ》どきである。

東海道黄瀬川《とうかいどうきせ》に架かる木橋の上を、旅の商人《あきんど》や物見遊山《ものみゆさん》の男女、荷駄《にだ》を運ぶ馬子、廻国《かいこく》修行の行脚僧《あんぎゃそう》、行商人、旅廻《たびまわ》りの一座など、身なりも風体《ふうてい》もまちまちの旅人たちが、次の宿場を目指して旅を急いでいる。

その人の流れが突然左右に割れて、男の胴間声《どうまごえ》がひびいた。

「謝って済むことではないぞ！」

声に驚いて、あわてて逃げ出す者もいれば、路傍《ろばた》の立木の陰に駆け込んで身をひそめる者もいた。旅廻りの一座の者たちは荷車を道の端に止めて、街道わきの斜面を駆け下りていった。

「貴様、わしに何か怨《うら》みでもあるというのか！」

大声でわめいているのは、埃《ほこり》まみれの袴《はかま》に垢《あか》じみた着物を身につけた、見るからに尾羽《おは》打ち枯らした感じの二人の浪人者だった。橋のたもとの掛け茶屋で酒を飲んでいたらしく、いずれも目のふちを赤く染めている。

「怨みなどとんでもございません。手前の粗相《そそう》でございます。なにとぞ、なにとぞご容赦《ようしゃ》くださいまし」

小腰をかがめて、ひたすら詫《わ》びているのは、菅笠《すげがさ》をかぶり、肩に振り分け荷物をかついだ三十二、三の商人ふうの男である。そのかたわらに男の女房らしき旅姿の女が、怯《おび》えるような顔で立ちすくんでいる。双方のやりとりから察すると、街道ですれちがったさいに男の体が浪人者の刀の鞘《さや》に当たったらしい。

「刀は武士の魂《たましい》なんだぞ。たとえ粗相にしろ、貴様ごとき下郎《げろう》に差料《さしりよう》を触れられたとあっては、黙って引き下がれぬ」

「相応の落とし前をつけてもらおうではないか」

男の肩を拳《こぶし》で小突きながら、二人の浪人者は嵩《かさ》にかかって恫喝《どうかつ》する。

「落とし前、と申しますと？」

菅笠の下から、男が恐る恐る二人の浪人者を見上げて訊《き》き返した。

「そうだな」

一人が不精《ぶしよう》ひげの生えたあごをぞろりと撫《な》でながら、男のかたわらに立っている女に好色そうな目を向けてにやりと嗤《わら》った。

「その女を貸してもらおうか」

「て、手前の家内を！」

「なに、煮て食おうというのではない。沼津《ぬまづ》宿までわしらに同道し、居酒屋で酒の相手をしてくれればよいのだ」

「そんなご無体《むたい》な……！」

「無体だと？」

別の一人がぎろりとにらみつけた。あごの尖《とが》った凶悍《きようかん》な面《つら》がまえの浪人である。

「手前どもは三島《みしま》宿に向かうところでございます。先を急いでおりますので、どうかそれだけはご勘弁くださいまし」

「いや、勘弁ならぬ！」

いうなり、ひげ面の浪人が女の手を取って引っ立てようとした。その瞬間、菅笠の男は必死に浪人者の手を振り払い、

「お藤《ふじ》、逃げろ！」

叫びながら一目散に逃げ出した。女も着物の裳裾《もすそ》をからげて懸命に走った。

「待て！」

二人の浪人者はあわてて追ったが、酒が入っているせいか足元がおぼつかない。よろめきながら追ってゆく。

菅笠の男は女の手を取って必死に逃げた。だが、二丁（約二百十八メートル）も走るとさすがに息が上がってきた。男は女を気づかいながら背後を振り返っ

た。二人の浪人者が執拗《しつよう》に追ってくる。街道を往来する旅人たちは、目をそむけて足早に通り過ぎていった。誰もが関《かか》わりを恐れて見て見ぬふりをしている。

二人の浪人との距離がみるみるちぢまっていった。そのとき、菅笠の男の目に五、六間（約九〜十一メートル）先を歩いている渡世人のうしろ姿が映った。

飴《あめ》色に日焼けした三度笠《さんどがさ》、黒の棒縞《ぼうじま》の道中合羽《どうちゅうかっぱ》、紺の手甲脚絆《てっこうきゃはん》をつけた背の高い渡世人である。菅笠の男は、渡世人の背後に駆け寄って声をかけた。

「もし、旅人《たびにん》さん！」

渡世人が足を止めてゆっくり振り返った。目深《まぶか》にかぶった三度笠で顔は定かに見えないが、口元の引き締まった精悍《せいかん》な感じの二十八、九の渡世人である。

「あっしに何か？」

三度笠の下から低い声が返ってきた。

「旅のご浪人さんに因縁《いんねん》をつけられて難儀しております。どうかお助けくださいまし」

「あいにくだが、あっしは他人《ひと》さまと関わり合いを持たねえことにしておりやすんで」

冷やかに応《こた》えて、渡世人が踵《きびす》を返そうとすると、菅笠の男は素早く前に廻り込み、渡世人の行く手をはばむように立ちふさがった。

「せめて家内を……、家内だけでも助けてやってくださいまし」

「………」

渡世人は無言のまま街道に目を向けた。二人の浪人者が間近に迫っていた。犬のように息を荒らげて渡世人の前で足を止めると、ひげ面の浪人者が刀の柄《つか》に手をかけて、

「その二人を引き渡せ。さもないと貴様も叩《たた》っ斬《き》るぞ！」

精一杯凄《すご》んでみせた。だが、渡世人はたじろぎもせず立ちつくしている。

「わからんのか、どけといっているのだ！」

あごの尖った浪人者が獰猛《どうもう》に吼《ほ》えた。

「ここは天下の往来にござんす。ご浪人さんの指図《さしず》を受ける筋合いはござんせん」

「お、おのれ、武士に向かって逆《さか》らう気か！」

「面倒だ。こやつも斬り捨てろ！」

抜刀するなり、二人が猛然《もうぜん》と斬りかかってきた。その刹那《せつな》、
ばっ。

と渡世人が引廻しの道中合羽を翼《つばさ》のように広げた。木綿《もめん》の分厚い布地で作られた道中合羽は、それ自体が一種の防具なのである。勢いよくひるがえった合羽の裾が、平手打ちを食らわせるように、ひげ面の浪人者の顔面をしたたかに打ちつけた。

同時に、渡世人は腰の長脇差《ながどす》を鞘ごと抜き放ち、左横から斬りかかってきたもう一人の浪人者の刀をはじき返した。次の瞬間、鏘然《しょうぜん》と鋼《はがね》の音がひびき、浪人者の刀がはばき（鍔元《つばもと》）のあたりでポッキリ折れて宙に舞った。長脇差の鞘は頑丈な鉄環《てつわ》と鉄鐺《てつこじり》で固められている。その鉄環に刀刃《とうじん》が当たって折れたのだ。

「貴様ァ！」

逆上したひげ面が上段から斬りつけてきた。渡世人は横に跳んで切っ先をかわし、鞘の鉄環でひげ面の脳天を叩きのめすと、すぐさま体《たい》を反転させて、もう一人の浪人者の鳩尾《みぞおち》に鉄鐺の一撃を加えていた。

「わッ」

「ぐえッ」

奇声を発して、二人の浪人者はぶざまな恰好《かっこう》で路上に倒れ伏した。一人は額からおびただしい血を流し、もう一人は口から血反吐《へど》を噴き出して気絶している。

遠巻きにその様子を見ていた旅人のあいだからどよめきがわき起こった。

渡世人は何事もなかったように長脇差を腰に落として踵を返した。

「あ、もし」

菅笠の男が呼び止めた。

「手前は駿州《すんしゅう》藤枝《ふじえだ》の宇之吉《うのきち》と申すものでございます。これは家内のお藤です」

渡世人は足を止めて、ちらりと女を見た。女は手拭《てぬぐ》いで姐《あね》さんかぶりをしている。歳《とし》のころは三十二、三。派手な顔だちをした婀娜《あだ》っぽい女である。

「おかげで助かりました。ありがとうございます」

「礼にはおよびませんよ」

「旅人さんのお名前だけでも……」

「伊三郎《いさぶろう》と申しやす。先を急ぐんで、ごめんなすって」

三度笠のふちに手をかけて、軽く一揖《いちゆう》すると、伊三郎と名乗った渡世人は道中合羽の前を合わせ、振り向きもせずに大股に立ち去った。

陽が落ちて、薄い夕闇《ゆうやみ》が街道をつつみはじめた。

その夕闇の奥にキラキラと耀映《ようえい》する灯影《ほかげ》は三島宿の街明かりである。

三島宿は古くは伊豆《いず》の国府《こくふ》があったところで、地名も伊豆国府といったが、南伊豆の白浜《しらはま》から三島明神《みようじん》がこの地に遷座《せんざ》されてから門前町として発展し、三島の地名になった。

江戸時代には、箱根《はこね》の関所を控えた宿場町として殷賑《いんしん》をきわめ、本陣二、脇本陣三、旅籠《はたご》屋七十四軒、木賃宿三十軒、民家千二十五軒を擁する、東海道屈指の大きな宿場となっていた。

灯《ひ》ともしごろの宿場通りは、箱根八里の難所を越えてきた上りの旅人や、箱根越えを明日に控えた東下《とうか》の旅人たちが、一夜の宿りを求めてひっきりなしに行き交《か》っている。

富士《ふじ》の白雪ゃ朝日で溶ける
溶けて流れて三島へそそぐ
みしま女郎衆《じよろしゆ》はお化粧が長い

農兵節《のうえぶし》で知られるように、三島宿には売色を目的とする飯盛《めしもり》旅籠も数多くあり、江戸の岡場所を彷彿《ほうふつ》させる賑わいを呈《てい》していた。

三味《しやみ》が鳴りひびき、留女《とめおんな》たちの嬌声《きようせい》や客たちの下卑《げび》た哄笑《こうしよう》が渦巻く雑踏の中を、伊三郎は三度笠で顔を隠すようにして足早に通り過ぎて行った。

三島神社の参道前を過ぎると、人の流れも街明かりもまばらになり、あたりは物寂しい静寂《せいじゃく》に領される。伊三郎は通りの一角に担《かつ》ぎ屋台の蕎麦《そば》屋を見つけ、そこでかけ蕎麦を腹に流し込むと、ふたたび宿場通りを東をさして歩いた。

蕎麦屋がいた場所から五丁（約五百四十五メートル）ほど行った右手に、『佐《さ》和《わ》屋』の軒行灯《のきあんどん》を灯《とも》した木賃宿が見えた。伊三郎はその宿の前で足を止め、三度笠と道中合羽を脱いで中に入った。

「いらっしゃいまし」

奥から出てきたのは、番頭ふうの初老の男である。

「部屋は空《あ》いているかい？」

「相《あい》部屋でよろしければ」

「先客は何人だい」

「お一人でございます」

「じゃ、その部屋に泊めさせてもらおうか」

「かしこまりました。どうぞ、こちらへ」

木賃宿は賄《まかな》い（食事）も風呂もない素泊《すど》まりの宿である。宿賃は百五十文、おもに行商人などが泊まる安宿で、部屋数が少ないために相部屋が通り相場だった。

　番頭に案内されたのは、廊下の奥の六畳の部屋だった。部屋の左右には粗末な夜具が二組しかれ、先着の若い男が左側の夜具に座って茶碗《ちゃわん》酒をかたむけていた。酒は男が自分で持ち込んだ物らしい。

「失礼いたしやす」

　男に会釈《えしゃく》して、伊三郎は右側の夜具の枕辺に畳《たた》んだ道中合羽と三度笠、振り分け荷物を置き、腰の長脇差を引き抜いて夜具の上に座り込んだ。

「旅人さん、一杯いかがですかい？」

　男が空《から》の茶碗を差し出した。頰骨《ほおぼね》の張ったいかつい顔をしているが、どことなく幼さを残した面貌《めんぼう》をしている。歳は二十歳《はたち》前後だろうか。月代《さかやき》を剃《そ》り上げ、髷《まげ》は小銀杏《こいちょう》、茶縞《ちゃじま》の単衣《ひとえ》に浅黄《あさぎ》の股引《ももひ》きをはいた、一見遊び人風体の男である。

「遠慮なくちょうだいいたしやす」

　すすめられるまま、伊三郎は茶碗を受け取った。相部屋の客の厚意をむげに断ったり、無視したりすると、要らぬ揉《も》め事の原因《もと》になることもある。旅先では極力他人との軋轢《あつれき》を避けることが渡世人の処世術でもあり、保身術なのだ。

「おいら、駿州清水《しみず》の長五郎《ちょうごろう》って者《もん》で。よろしくお見知りおきのほどを」

酒を注《つ》ぎながら、男が人なつっこい笑みを浮かべていった。角張ったいかつい顔をしているが、笑うと存外愛嬌《あいきょう》がある。

「あっしは甲州《こうしゅう》無宿の伊三郎と申しやす」

抑揚《よくよう》のない低い声で、伊三郎が応えた。行灯のほの暗い明かりが、その顔に深い陰影をきざんでいる。端整な面立《おもだ》ちをしているが、伸びた月代の下の切れ長な目には凄味をおびた光が宿っている。長五郎と名乗った若い男は、茶碗酒をすすりながら畏怖《いふ》するような目で伊三郎を見た。

「渡世は長いんですかい？」

「もうかれこれ十二年になりやす」

「十二年か、道理《どうり》で貫禄《かんろく》がちがうと思いやしたよ」

「長五郎さんはどちらに行くんで？」

「伊豆の下田《しもだ》へ行こうと思っておりやす」

「遊山《ゆさん》旅ですかい？」

「修行の旅でござんすよ」

「修行？」

「残りわずかな命を任俠《にんきょう》の道に生きようと思いやしてね。そのための修行の旅ってわけでござんす」

「残りわずかというと、何か厄介《やっかい》な病でも抱えているんですかい？」

「人には天から授《さず》かった寿命ってもんがありやす」

長五郎は真顔で応えた。

「おいらの場合はその寿命が二十五年、つまりあと六年しか生きられねえんです。それでまァ、その六年を太く短く生きてやろうと修行の旅に出たってわけでして」

「自分の寿命が二十五年だと、なぜわかったんで？」

けげんそうに伊三郎が訊き返した。

「旅の雲水《うんすい》から御託宣《たくせん》を受けたんです。おいらの顔には短命の相が出てるって」

「その御託宣を長五郎さんは信じてるんですかい」

「信じるもなにも、坊《ぼん》さんの言葉が頭にこびりついて離れねえんですよ。遅かれ早かれ人間は一度は死ななきゃならねえ。だったら六年の命を思う存分に生き抜いて、最後は桜の花みてえにパーッと散ってやろうじゃねえかと――」

いいながら、長五郎は両手を大きく広げて、夜具の上に仰向けにひっくり返った。かと思うとそのまま雷のような大いびきをかいて眠り込んでしまった。畳の上に空になった一升徳利《いっしょうどくり》が転がっている。そのほとんどを長五郎が一人で呑んでしまったのだ。

伊三郎は思わず苦笑を浮かべた。

その寝姿を見るとまだほんの子供である。夜具のやけに威勢のいい若者だが、わきには真新しい菅笠と振り分けの小行李《こごうり》、道中差しが置いてあった。どうやらこの若者は本気で渡世の道を歩もうとしているらしい。旅の雲水が何を根拠にこの若者の寿命を予言したのか知るすべもなかったが、罪なことをしたものだと伊三郎は思った。

ジリッ。

と音がして行灯の明かりが心細げに揺れた。灯油が切れかかっていた。木賃宿の行灯は、経費節減のために一刻《とき》（二時間）分ほどの灯油しか入れていない。灯油が切れたら、客はいやおうなく床に就かなければならないのだ。

畳に転がっている一升徳利と呑みかけの茶碗を片付けると、伊三郎は衣服を身につけたまま長脇差を抱えて布団にもぐり込んだ。宿であろうと、草を褥《しとね》の野宿であろうと、寝るときも長脇差だけは離さない。これも渡世人の旅の心得である。

2

翌朝、伊三郎は七ツ半（午前五時）ごろ目を醒《さ》ました。

長五郎はあいかわらず高いびきをかいて、泥のように眠りこけている。

布団から抜け出して手早く身支度をととのえると、伊三郎はそっと部屋を出て帳場に向かい、番頭に宿代を払って『佐和屋』をあとにした。

宿場通りに白い狭霧《さぎり》が立ち込めている。三島の宿場内には、富士山の伏流水《ふくりゆうすい》がわき出る湧水池《ゆうすいち》や清流がいたるところにあり、昼夜の気温の変化が激しい春や秋には、よく霧がわき立つのである。

純白の紗幕《しやまく》を張ったような霧の奥にきらきらと朝陽《あさひ》がにじんでいる。

東を五丁ほど行くと、街道の右手に、

〈右、しもだみち〉

と記された道標《みちしるべ》が立っていた。その道標から南をさして細い道がつづいている。三島宿から伊豆半島を南北に縦断して下田にいたる脇往還、俗にいう下田街道である。

伊三郎はためらいもなく下田街道に足を向けた。

昨年の暮れから今年の二月にかけて伊勢《いせ》や三河《みかわ》を渡り歩き、各所の貸元《かしもと》衆の賭《と》場《ば》を転々としながら一冬を過ごした伊三郎が、ふたたび東下の旅についたのは三月初旬だった。三河路から東海道に出て岡崎《おかざき》宿、吉田《よしだ》宿、浜松《はままつ》宿、藤枝宿、蒲原《かんばら》宿と旅を重ね、昨夕三島宿に着いたのである。

四半刻《しはんとき》（三十分）ほど歩くと、急に霧が晴れて、視界一面に田方《たがた》平野の緑豊かな田園風景が広がった。ほんのり明けそめた北東の空には、箱根連山の稜線《りようせん》がくっきりと浮かび立っている。

街道の左手に小さな川が流れていた。狩野《かの》川の支流・大場《だいば》川である。

伊三郎は川岸に足を向け、川の水で顔を洗い、口をすすいでふたたび旅をつづけた。

一片の雲もなく晴れ渡った空に、のどかな雲雀《ひばり》の声がひびいている。

三島宿から伊豆の下田までは、およそ十九里（約七十五キロ）の行程である。

かつて下田の町に御番所が置かれていたころは、幕府の役人たちがひんぱんにこの道を行き来していたが、享保《きようほう》五年（一七二〇）に下田御番所が浦賀《うらが》に移転になったあとは、街道の通行量も、継《つ》ぎ立て（人馬の中継地）の村々のにぎわいも衰微《すいび》の一途をたどっていた。

ちなみに下田街道がふたたび歴史の表舞台に登場するのは、安政《あんせい》元年（一八五四）、ペリー来航による下田開港のときである。

伊三郎が東海道をそれて下田街道に道をとったのには、二つの理由があった。

一つは箱根の関所を避けるためである。流れ者で関所の通行手形を持たない無宿者にとって、関所は文字どおり鬼門であった。これも後年（天保十三年、一八四二）の話になるが、上州《じようしゆう》一の博徒の親分・国定忠治《くにさだちゆうじ》は、大戸《おおど》（群馬県吾妻《あがつま》町）の関所破りを働き、のちに磔刑《はりつけ》に処せられている。かくも関所破りとは大罪なのである。

伊三郎は箱根の関所を避けて下田街道に道をとり、下田港から船で房州《ぼうしゆう》（千葉県）に向かおうと考えたのだ。

もう一つの理由は、二年ほど前に一宿一飯の恩義にあずかった天城湯ガ島《あまぎゆがしま》の貸元・勘蔵《かんぞう》の家に立ち寄って、二年前の謝礼をいうためであった。

勘蔵一家は身内十六人を抱える小所帯で、貸元の勘蔵は博徒の親分というより、湯ガ島村の世話役といった感じの温厚篤実《とくじつ》な男であった。その勘蔵親分に手厚いもてなしを受けたことを伊三郎はいまでも忘れてはいなかった。風のうわさによると、勘蔵は昨年の春、還暦を迎えたという。その祝いをかねての再訪の旅でもあった。

三島宿から次の継ぎ立ての原木《ばらき》までは二里（約八キロ）の距離である。

前述したとおり、三島宿周辺には富士山の伏流水で作られた川が幾筋も流れている。

大場川の石橋を渡ると、また別の川に行き当たった。柿沢川《かきざわ》である。その川の橋（蛇《じゃ》ヶ橋という）のたもとに古い水車小屋が建っていて、小屋のわきの桜の老樹がちらほらと花を散らしはじめていた。

蛇ヶ橋を渡り終えたとき、伊三郎はかすかな女のうめき声を聞いて足を止めた。

声は水車小屋の中から聞こえてくる。不審な面持ちで小屋に歩み寄り、板戸を引き開けて中をのぞき込んだ。薄暗い小屋の中で、水車の軸の回転に連動して太い杵《きね》がゴトゴトと音を立てながら雑穀を舂《つ》いていた。伊三郎の目がふと一点に留まった。

土間の荒筵《あらむしろ》の上に旅姿の女がぐったりと横たわっている。

「どうかしやしたか？」

小屋の中に足を踏み入れたとたん、伊三郎はハッと息を呑んだ。女の顔に見覚えがあった。昨夕、東海道の黄瀬川の近くで二人の浪人者にからまれていた宇之吉という男の連れの女である。だが、伊三郎を驚かせたのはそれだけではなかった。女は左胸からおびただしい血を流していた。明らかに刃物で刺された傷である。

「ひどい怪我《けが》だ」

伊三郎は片膝《ひざ》をついて、女を抱え起こした。苦しげにあえぎながら、女がうっすらと目を開けた。焦点の定まらぬうつろな目である。

「おめえさんは、たしかお藤さんといいやしたね」

「旅人さんは……」

お藤という女も伊三郎のことを思い出したようである。

「この傷は、どうなさったんですかい？」

「う、宇之吉に……、刺されたんです」

お藤が消え入りそうな声で応えた。

「宇之吉というと、おめえさんのご亭主のことですかい」

「いいえ」

弱々しくかぶりを振って、お藤はあえぐようにいった。

「あ、あの男は亭主ではありません。……わたしは、あの男に騙《だま》されたんです」

「騙された?」

「騙されて……、駆け落ちを……」

そこでお藤の声がぷつりと途切れた。

「しっかりしなせえ」

声をかけたが、お藤の反応はなかった。だが、まだかすかに息はあった。

伊三郎はお藤の体をふたたび荒筵の上に横たわらせて立ち上がった。お藤の胸からドクドクと音を立てて血が流れ出ている。このまま放置しておけば、いずれ血を失って死ぬだろう。伊三郎の顔に逡巡《しゅんじゅん》がよぎった。できれば関わり合いを持ちたくなかったが、さりとて瀕死《ひんし》の女を見殺しにするわけにもいかない。

「人を呼んできやす」

一言そういい残して、伊三郎は水車小屋を飛び出した。

原木までの半里(約二キロ)の距離を、伊三郎はひた走りに走った。

原木は狩野川の東岸に位置する小さな村である。民家三十八戸、立場《たてば》(人馬の休息所)が一軒、休泊用の宿が二軒、小商いの店や飲食を商う店が数軒、あとはすべて百姓家である。もちろん医者などはいない。

お藤を村の宿に運ぶために、伊三郎は立場をたずねて人手を頼んだが、人足が出払っているので無理だと断られた。やむなく村はずれの雑貨屋で消毒用の焼《しょう》酎《ちゅう》と血止めの塗り薬を買い入れ、ふたたび柿沢川の水車小屋へとって返した。

往復するのに四半刻ほどかかっただろうか。箱根連山をしらじらと明けそめていた朝陽が、いつの間にか東の空のかなり高いところで照り輝いていた。

水車小屋の戸口にさしかかったときだった。突然、板戸ががらりと開いて、中から旅姿の若い男が出てきた。伊三郎は思わず足を止めて、三度笠のふちを押し上げて男を見た。

「おめえさんは……！」

昨夜、三島宿の木賃宿『佐和屋』で相部屋になった長五郎である。

「やァ、伊三郎さん、ゆうべはとんだぶざまをさらしてしまって面目《めんぼく》ありやせん」

長五郎は白い歯を見せて、照れるように笑った。

「おめえさん、何をしてたんだい？　そんなところで」

「たまたま、この水車小屋の前を通りかかったら、小屋の中から女のうめき声が聞こえてきたもんで」

不審に思って中をのぞき込んだら、血まみれの女が倒れていたという。

「そうですかい。実はあっしもここを通りかかった折りに、水車小屋の中の女に気づきやしてね。黙って見過ごすわけにはいかねえんで、ひとっ走《ぱし》り原木まで行って血止めの塗り薬と焼酎を買ってもどってきたってところです。さっそく手当てをしてやらなきゃ」

と水車小屋の中に入ろうとする伊三郎に、

「それにはおよびやせんぜ、伊三郎さん」

長五郎が冷やかにいった。伊三郎は足を止めてけげんそうに見返した。

「女は死にやしたよ」

「死んだ！」

伊三郎は反射的に水車小屋の中に飛び込んだ。土間の荒筵の上にお藤が仰向けに横たわっていた。その顔は血の気《け》が失《う》せて紙のように白くなっている。胸の傷口から溢れ出ていた血はすでに止まっていた。ひざまずいて、お藤の亡骸《なきがら》に手を合わせていると、背中越しに長五郎の冷やかな声が飛んできた。

「自業自得でござんすよ」

「…………」

　伊三郎は首をめぐらして長五郎を見た。

「自業自得とは、どういうことなんですかい？」

「その女は、おいらの義理の母親なんです」

　意外なことを、長五郎はさらりといってのけた。伊三郎はゆっくり立ち上がって水車小屋を出ると、戸口に立っている長五郎を振り返って、いぶかるように訊き返した。

「義理の母親？」

「おいら、生まれるとすぐに母方の叔父のところに養子に出されやしてね」

　薪束《まきたば》の上に腰を下ろして、長五郎は淡々と語りはじめた。

　長五郎は文政《ぶんせい》三年（一八二〇）元日、駿州清水港・美濃輪《みのわ》の船頭・三右衛門《さんえもん》の三男として生まれた。

　辰年《たつどし》の元日生まれは、親元で育てると運勢が強すぎるというので、長五郎は生まれるとすぐ母方の叔父・次郎八《じろはち》のところに養子に出された。次郎八の家は同じ美濃輪の町内にあり、『甲田屋《こうだや》』の屋号で代々米問屋をいとなんでいたが、子供に恵まれなかったため、長五郎を跡継ぎとして養子に迎えたのである。

気の荒い父親の血を引いた長五郎は、成長するにつれて気性の激しさを見せるようになった。物心ついたころから喧嘩《けんか》の明け暮れで、近所でも評判の悪童になっていた。とにかく子供のくせにめっぽう腕っぷしが強く、自分の体の倍以上もある年上を相手にしても、一度も負けたことがなかったという。現代でいえば札《ふだ》付きの不良少年である。

十五のときに、義母がたくわえた百両の金を盗んで家出した。百両は現代の貨幣価値に換算すると六百万円を超える大金である。長五郎はその金を持って浜松に行った。

浜松は遠州《えんしゆう》・三河の米の集散地である。そこで長五郎は米相場に打って出て、巨額の利を得た。わずか数カ月で元手の倍以上の金を得たのである。その儲《もう》けで船を雇い、意気揚々と清水にもどると、まだ怒りの冷《さ》めやらぬ養父母の前に二百両の金子《きんす》を差し出し、

「お父《と》つぁんとおっ母《か》さんには、いままで散々心配をかけてきたが、どうかこれで許しておくんなさい」

殊勝にもそういって頭を下げたので、さすがの養父母も二の句がつげなかっ

た。

それ以来、長五郎は人が変わったように身をつつしみ、家業に精を出すようになった。

天保六年（一八三五）秋。養父の次郎八が持病の心《しん》ノ臓《ぞう》の発作であっけなくこの世を去った。次郎八はこのとき、まだ三十なかばの働き盛りであった。

養父の跡を継いで、弱冠十六歳で『甲田屋』のあるじとなった長五郎は、以前にも増して家業に打ち込むようになった。そんな長五郎の運命を大きく変える出来事が起きたのは、その翌年（天保七年）だった。次郎八の墓参りに向かった長五郎に、行きずりの旅の雲水が近づいてきて、卒然《そつぜん》とこう予言したのである。

「おまえの顔には短命の相が出ている。二十五歳までに命を落とすであろう」

旅の老僧のその言葉が、十七歳の長五郎の胸にぐさりと突き刺さった。

縁もゆかりもない行きずりの老僧が、冗談や酔狂《すいきょう》でそんなことを口にするとは思えなかったし、昨年の秋、養父の次郎八が三十なかばで急死したばかりである。老僧の言葉を信じるなというほうが無理だった。

――おれはあと八年しか生きられねえ。

そう思うと、商いに精を出すのが馬鹿馬鹿しくなった。

自暴自棄になって浴びるように酒を呑み、酒を呑んでは地元の破落戸《ごろつき》たちと喧嘩に明け暮れるようになった。またもとの悪童にもどってしまったのである。

そんな折り、日ごろから身持ちの悪かった養母が、夫・次郎八の残した財産を遊興三昧《ざんまい》で遣い果たしたあげく、余財のありったけを持って情夫と駆け落ちするという事件が起きた。次郎八が死んでからわずか三年目、今年（天保九年）の二月末のことである。

その二人こそが、実は宇之吉とお藤だったのだ。養母といっても、お藤は次郎八の後妻で、三十二歳の女盛りであった。長五郎が六歳のときに、先妻と死別した次郎八が小料理屋の小女《こおんな》をつとめていたお藤を、後添《のちぞ》えに迎えたのである。

（許せねえ）

長五郎の胸に烈々たる怒りが燃えたぎった。このとき、長五郎十九歳。『甲田屋』を畳んで、任俠の道に生きようと腹を固めた矢先のことであった。

長五郎は、すぐさま宇之吉とお藤のあとを追って旅に出た。まずその二人を血祭りに上げようと心に決めたのである。

3

「宇之吉って野郎は、金目当てでおっ母さんをたぶらかしたんですよ」

吐き捨てるように、長五郎がいった。

「お藤さんは大金を持っていたんですかい？」

「二、三十両の金を持っていたと思いやす。その金が消えておりやした。宇之吉が盗《と》ったに違いありやせん」

「その宇之吉に刺されたと、お藤さんはそういっておりやしたよ」

「自業自得、といってしまえばそれまででござんすが」

長五郎の顔にあらためて怒りがわき立った。

「けど、いちばん悪いのは宇之吉って野郎です。やつの命を取るまで、おいら、地の涯《はて》まで追いつづけようと思っておりやす」

「お藤さんの亡骸《むくろ》はどうするつもりですかい？」

「このまま野ざらしにしておくのも可哀相《かわいそう》ですから、おいらがこの近くに埋めてやりやすよ。伊三郎さんにはお手間を取らせやしたが、どうぞ、おいらにかまわず旅をつづけておくんなさい」

「お言葉に従いやして、ごめんこうむりやす」

三度笠に手をかけて軽く頭を下げると、伊三郎は引廻しの合羽をひるがえして、足早にその場を立ち去った。

半丁（約五十五メートル）ほど歩いて、伊三郎はちらりと背後を振り返った。諸肌《もろはだ》脱ぎの長五郎が川辺の草地に穴を掘っている。使っている鍬《くわ》は水車小屋の中にあったものだろう。子供のころから喧嘩に明け暮れていたというだけあって、剝《む》き出しの上半身は筋骨隆々《きんこつりゅうりゅう》、鋼《はがね》のようにたくましい。わずか十五歳で養家の金を盗んで家出をし、浜松の米相場で大儲けしたというのだから、根性も大したものである。

——いずれ名の通った渡世人になるかもしれねえ。

伊三郎は何となくそう思った。

その長五郎が、のちに東海道一の大親分・清水次郎長《しみずのじろちょう》として諸国に名をとどろかせようとは、神ならぬ身の伊三郎には知るよしもなかった。ちなみに「次郎長」という名は、養父・次郎八の「次郎」と長五郎の「長」の字をとってみずからそう名乗ったのである。

陽が高いところにあった。

春というより、初夏を思わせる強い陽差しが降りそそいでいる。しばらく行くと、街道の右手に滔々《とうとう》と流れる川が見えた。伊豆半島最大の河川・狩野川である。川の流域には広大な緑の田畑が広がっており、藁葺《わらぶ》き屋根の百姓家が点在している。

このあたりは山国伊豆の中でも、もっとも自然に恵まれた豊かな地帯であった。永年にわたって狩野川が上流から肥沃《ひよく》な土を運んできたために、縄文《じょうもん》・弥生《やよい》の時代から、土地の人々はこの川の恩恵を受け、連綿《れんめん》と農業をいとなんできたのである。

半面、天城連山に源を発する狩野川は、大雨が降ると天城山や伊豆の山々の水を寄せ集めて一気に駆け下り、川がS字形に蛇行している平野部《へいや》のあちこちでしばしば大水害を引き起こした。そのために古くは鎌倉《かまくら》時代から治水工事が行われ、幾たびか流路が変えられたが、それでも自然の猛威を食い止めることはできなかった。いったん荒れ狂うとこの川は手がつけられないのである。近年では、千人におよぶ死者・行方不明者を出した昭和三十三年（一九五八）九月の「狩野川台風」が記録されている。

地元の人々にとって、狩野川はまさに禍福《かふく》あざなえる川なのである。

よく見ると、河原のそこかしこに巨大な岩石が転がっている。街道沿いの蔬菜《そさい》畑では、年老いた百姓が腰をかがめて黙々と小石を拾い集めていた。

伊三郎は足を止めて、その老人に声をかけた。

「ちょいと、お訊《たず》ねしやすが」

「へい」

老人は大儀そうに上体を起こして振り返った。

「最近、出水《でみず》（洪水）でもあったんですかい？」

「へえ。去年の秋に天城から田方にかけて大雨が降りましてね。その雨で狩野川が大暴れしよったです。このあたりの畑はほとんど水をかぶって、そりゃひどいものでした。いまはだいぶ片づきましたが、ごらんのとおり、まだ石ころがゴロゴロしておりますだ」

「そいつはご苦労なことでござんす」

伊三郎がねぎらいの言葉をかけると、老人は欠けた歯を見せて笑いながら、

「旅人さんはどちらに行かれるんで？」

「天城の湯ガ島に立ち寄って、下田に行くつもりでござんす」

「それでしたら、大仁《おおひと》は避けて行ったほうがよいかと」

「ほう、それはまたどういうわけですかい？」

三度笠の下から、伊三郎は不審そうに訊き返した。

「半兵衛《はんべえ》一家の身内衆が南に下る他所者《よそもの》に厳しい目を光らせているそうでございます」

「何か事件でもあったんですかい？」

「くわしいことはよくわかりませんが、あの連中とは関わり合わないほうが身のためです。お急ぎでなければ抜け道を行かれたほうがようございますよ」

「ご親切にありがとうござんす」

丁重に一礼して、伊三郎はふたたび歩き出した。

大仁の半兵衛一家は、北は原木村から南は立野《たちの》村まで下田街道に沿った一帯を縄張りにしている博徒一家である。貸元の半兵衛は韮山《にらやま》代官所から十手《じって》をあずかり、大仁村の目明《めあ》かしもつとめていた。俗にいう二足の草鞋《わらじ》をはく男である。残忍凶暴な性格の半兵衛は、十手を笠に着て堅気《かたぎ》の衆に対しても居丈高《いたけだか》に振る舞い、土地の人々から「蝮《まむし》の半兵衛」と呼ばれて恐れられていた。

老農夫の話を聞くまで、伊三郎は半兵衛一家の存在を知らなかった。二年前に大仁を通ったときは夜旅だったので、半兵衛の悪評を耳にする機会がなかったからである。

（それにしても……？）

半兵衛一家は何の目的で街道を南下する他所者に目を光らせているのか？

他国の博徒一家といさかいでもあったのか？

不審に思いながら、伊三郎は旅をつづけた。

下田街道をさらに南へ一里（約四キロ）ほど行くと、狩野川沿いの小高い山々に囲まれた、小さな集落が見えた。板葺きや茅《かや》葺き屋根のあちこちから湯煙が立ちのぼっている。

源氏《げんじ》ゆかりの里として知られる長岡《ながおか》温泉郷である。

すでに陽は頭の真上にきていた。

ほとんど人通りのなかった街道にも、ちらほらと旅人の姿が目につくようになった。旅人といっても、大半は土地の行商人や近郷近在《きんごうきんざい》から湯治《とうじ》にやってきた人々である。このあたりで伊三郎のような渡世人の姿を見かけるのはめずらしいことなのだろう。行き交う人々が好奇の目を向けながら足早に通り過ぎて行った。

長岡を過ぎてしばらく行くと、狩野川の西岸に雄大な山塊が見えた。

大仁村の象徴ともいうべき城山《じようやま》である。屏風《びようぶ》を立てたようにそそり立つ大岩壁は、高さ百十三丈（約三百四十二メートル）あり、山の中腹には〝逆竹《さかだけ》〟が繁茂している。この竹は源頼朝《みなもとのよりとも》の落とした鳥苔《とりむち》が山肌に突き刺さり、そのまま根ざしたために枝葉のすべてが下を向いて生《お》い茂ったという言い伝えがある。

その城山を右に見ながら、さらに歩を進めようとしたとき、ふいに三度笠の下の伊三郎の目がきらりと光った。五、六間ほど先の朽《く》ちた閻魔堂《えんまどう》の前に、数人の男がたむろしている。いずれも茶縞の着流しに鉄紺《てつこん》色の半纏《はんてん》をまとい、腰に長脇差を落としたやくざ者ふうの男たちであった。

（半兵衛一家の身内か）

伊三郎は直感的にそう思った。男たちは街道を往来する旅人に鋭い目を向けている。先刻の老農夫がいったとおり、明らかに街道を南下する他所者を監視しているのである。

伊三郎はとっさに踵を返して、狩野川の河原に下りて行った。

相手は気の荒い田舎《いなか》やくざである。仁義作法が通るような連中ではない。伊三郎を流れ者の渡世人と見て、難癖《なんくせ》をつけてくることは十分予測できた。無用な争いを避けるためにも、ここは逃げの一手なのだ。

生い茂った葦《あし》をかきわけて、狩野川の岸辺に出た。

田方平野を流れていたときより、いくらか川幅は狭くなっていたが、そのぶん流れが速く、川も深そうだった。とても徒歩《かち》では渡れそうにない。

上流に向かって半丁ほど行くと、炭俵《すみだわら》を満載にした一艘の川船が、川岸の立木にもやい綱《づな》を巻きつけてひっそりと泊まっていた。

船の艫《とも》で初老の船頭がのんびり煙管《キセル》をくゆらせている。

狩野川は天城山から伐《き》り出した材木を筏《いかだ》に組んで流したり、本立野《ほんたちの》（修善寺《しゆぜんじ》）や瓜生野《うりゆうの》から沼津河岸《がし》へ川船による荷物の運搬が盛んに行われていた。川岸にもやっているその船も修善寺あたりから炭を積んで沼津に向かう途中のようであった。

「船頭さん」

伊三郎が声をかけると、船頭はびっくりしたように振り向いた。

「すまねえが、向こう岸まで渡してもらえねえかい？」

そういって一朱銀を差し出すと、船頭はにっと笑って、

「おやすい御用で。どうぞ、乗っておくんなさい」

煙管の火をポンと川の流れに落として、船頭は腰を上げた。伊三郎がひらりと船に飛び乗ると、船頭は水棹《みさお》を取って川の流れに船を押し出した。

「この先の街道で半兵衛一家の身内が南に下る旅人に目を光らせているようだが、何か事件でもあったのかい？」

「手前もよくは存じませんがね。韮山のお代官所のご下命で、お尋ね者を探してるようですよ」

「お尋ね者か」

「事情《わけ》ありの旅人さんは関わり合いを避けて、みんな抜け道を探しております。おかげで手前の船も大繁盛ですよ」

船頭はそういって顔をほころばせた。どうやらこの船で狩野川を渡ろうとしたのは、伊三郎がはじめてではなかったようだ。船はほどなく西岸に着いた。

「手間を取らせたな」

「どういたしやして。道中くれぐれもお気をつけなすって」

一礼すると、船頭はすぐに船の舳先《へさき》をめぐらして東岸にもどって行った。本業の荷運びの途中、そうやって事情ありの旅人を船渡しで対岸に運んでは、小遣い稼ぎをしているのである。

川岸の急な斜面を登ると、城山につづく細い道に出た。ごつごつと岩肌が剝き出しになった険しい登り道である。地元の杣人《そまびと》や猟師、山菜採《と》りの百姓などのほかに、一般の旅人がこの道を通ることはめったにないだろう。

四半刻ほどで城山の山頂に達した。

海抜三百四十二メートルからの眺望は、まさに絶景だった。南に天城連山、北西に霊峰富士の山容、北東に箱根連山、それらの手前には緑をしきつめた田方平野が一望に見渡せる。北条氏《ほうじょう》の時代、この山頂は急を告げる狼煙場《のろしば》に使われていたという。

寸暇《すんか》を惜しむように、伊三郎は下りの途についた。

下りの道も岩や石、樹木の太い根が剝き出しになった険路《けんろ》だったが、上りの道より勾配《こうばい》はややゆるやかになっていた。道の周囲はうっそうたる原生林である。生い茂った樹葉が空をおおい、あたりは夕暮れのように薄暗い。

あちこちから岩清水が湧き出し、冷気をふくんだ風がひんやりと頰をねぶってゆく。

やがて山間《やまあい》の平坦な道に出た。道の両側には櫟《くぬぎ》、橅《ぶな》、楓《かえで》、樫《かし》などの雑木が立ち並び、葉陰から差し込む木漏れ陽《こもび》が、白く乾いた道に縞模様を描いている。

道の左手に小川が流れていた。

伊三郎は急に空腹を覚えた。考えてみれば、昨夕、三島宿の担ぎ屋台でかけ蕎麦を食べただけで、その後は何も腹に入れていなかった。小川の岸辺にかがみ込み、両手で水をすくって飲んだ。異変はそのとき起きた。

4

突然、雑木林の中で男の怒号がひびいた。

「あっちだ！」

「いたぞ！」

伊三郎は反射的に立ち上がって、雑木林に目をやった。人影が樹間を縫《ぬ》うようにして走ってくる。木漏れ陽の中に見え隠れしながらこっちに向かって走ってくるその人影は、ぼろぼろの三度笠に埃まみれの引廻しの合羽をまとった渡世人だった。その五、六間後方から数人の男が、抜き身の長脇差を振りかざして猛然と追ってくる。

「野郎！」

「待ちやがれ！」

怒声を発しているのは、四人の追手の男たちだった。いずれも茶縞の着流しに鉄紺色の半纏を着ている。その装《な》りから見て半兵衛一家の身内に違いなかった。追われている渡世人は熊笹《くまざさ》の藪《やぶ》をかきわけながら、転がるように道に飛び出してきた。

伊三郎は足を止めたまま、じっと様子を見ている。

渡世人の荒い息づかいが間近に聞こえてきた。怪我をしているのか、渡世人は左脚を引きずっている。激しく体を左右に揺らしながら駆け寄ってくると、救いを求めるように伊三郎を見た。ぼろぼろの三度笠の下からちらりと見えたのは、三十なかばの真っ黒に日焼けした精悍な面立ちの男だった。

「す、助っ人を……」

渡世人がいいかけたとき、雑木林の中から四人の男たちが飛び出してきた。

「なんでえ、てめえは！」

だみ声を上げたのは、六尺（約百八十センチ）近い巨軀《きょく》の男だった。

「通りすがりの者でござんす」

三度笠の奥から、伊三郎の抑揚のない低い声が返ってきた。

「てめえも抜け道組の渡世人か」

「土地に無案内なもんで、道に迷ったんでござんすよ」

「念のために名を聞いておこうか」

「名乗るほどの者じゃござんせん」

「そうかい」

男は薄笑いを浮かべた。半開きになった口の両端から鋭い犬歯がのぞいている。まるで山犬のように獰猛な面がまえである。

「どうやら、おめえたちは同じ穴のむじなのようだな。そっちの渡世人も同じ台詞《せりふ》を吐きやがったぜ」

「こちらさんとは縁もゆかりもございやせん。あっしは一人で旅をしてるんで。先を急ぐんで、ごめんこうむりやす」

軽く頭を下げて、歩き出そうとすると、

「待ちやがれ！」

巨軀の男が癇性《かんしょう》な声を張り上げて呼び止めた。

「ここは半兵衛一家の縄張内《しまうち》なんだ。どこの馬の骨かわからねえ流れ者を黙って見過ごすわけにはいかねえ」

「あっしにどうしろとおっしゃるんで？」

「そいつと一緒に村の番屋まできてもらおうじゃねえか」

「お断りいたしやす」

「なにいッ」

「おめえさん方に詮議《せんぎ》立てされる筋合いはござんせんよ」

「なめた口を利くんじゃねえぜ。おい、構わねえから二人とも叩《たた》っ斬《き》れ！」

「おう！」

と男たちが雄叫《おたけ》びを上げて、いっせいに斬りかかってきた。

刹那、伊三郎の引廻しの合羽が翼のように大きくひるがえった。同時に抜く手も見せず腰の長脇差を引き抜き、真っ先に斬りかかってきた男の首筋を逆袈裟《ぎゃくげさ》に薙《な》ぎ上げていた。悲鳴を上げて男が地面に転がった。かたわらで渡世人も必死に斬りむすんでいる。かなりの修羅場《しゅらば》をくぐってきたのだろう。長脇差さばきに凄《せい》気《き》がこもっている。

二人目の男が正面から突きかかってきた。伊三郎は横に跳んで切っ先をかわし、横殴りに男の胴を払った。脇腹がざっくり割れて、おびただしい血とともに白いはらわたが飛び出した。男は声もなく前のめりに崩れ落ちた。

「野郎！」

咆哮《ほうこう》とともに、巨軀の男が長脇差を上段に振りかぶって突進してきた。頭上で刃うなりがした。叩きつけるような斬撃である。それを峰ではじき返すと、伊三郎はすかさず背後に廻り込んで、拝み打ちの一刀を男の背中に浴びせた。

ガツッと重い手応えがあった。刀刃が岩のように盛り上がった男の左肩に食い込んでいる。そのまま力まかせに斬り下げた。ボキボキッとあばらを断つ鈍い音がする。切り裂かれた着物の下の赤い肉の割れ目に、点々と白いものが見えた。断ち切られたあばら骨の断面である。

地響きを立てて、巨軀の男は仰向けに倒れ伏した。

伊三郎はすぐさま体を反転させた。渡世人が最後の一人と激しく斬り合っている。伊三郎の長脇差が男の背中をつらぬいた。

「ぎゃっ」

と異様な叫びを上げて、男は崩れ落ちた。左胸から音を立てて血が噴き出している。男はうつ伏せに倒れたままぴくりとも動かない。ほぼ即死だった。

長脇差の血ぶりをして鞘に納めながら、伊三郎は首をめぐらして渡世人を見た。渡世人は長脇差をだらりと下げ、棒立ちになったまま肩で大きく息をついている。

「怪我はねえですかい？」

「へえ。おかげで助かりやした。ありがとうございやす」

「この連中は半兵衛一家の身内でござんすよ」

伊三郎は道に転がっている四人の男の死骸にちらりと目をやって、

「何か悶着《もんちゃく》でもあったんですかい？」

と訊いた。あいかわらず抑揚のない低い声である。

「大仁の手前にさしかかったところで、いきなりこの四人に呼び止められやしてね。代官所の陣屋《じんや》にしょっ引《ぴ》かれそうになったんで」

「陣屋に？」

「あっしら渡世人は無宿というだけで、いわれのねえ咎《とが》めを受けやすからねえ」

三度笠の紐《ひも》をむすび直しながら、渡世人は自嘲の笑みを浮かべていった。

「いったん陣屋の牢《ろう》にぶち込まれたらどんな目にあわされるかわかりやせん。それで一目散に――」

「逃げ出したってわけですかい？」

「へえ。山ん中を走り廻っているうちに左足をくじいちまいやしてね。あっというまにこの連中に追いつかれちまったって次第でござんす」

「そいつはとんだ災難でござんしたね」

「おかげで命拾いしやした。あらためてお礼を申し上げやす」

「同じ渡世のよしみでござんす。礼にはおよびやせんよ。じゃ、あっしはこれで」

一礼して背を返そうとすると、渡世人は左脚を引きずりながらあわてて追いすがり、

「あ、お待ちになって」

と呼び止めた。伊三郎はゆっくり振り向いた。

「申し遅れやしたが、あっしは野州《やしゅう》無宿の徳兵衛《とくべえ》と申しやす。あなたさんは……」

「甲州無宿の伊三郎と申しやす」

「どちらに行かれるんで？」

「下田に向かうつもりでござんす」

「よかったら、あっしの家に、いえ、あっしの女の家にお立ち寄りになりやせんか」

「一年前に伊豆を旅したときに知り合った女でござんす」

いいながら、徳兵衛と名乗った渡世人は油断なくあたりを見廻して、

「半兵衛一家があっしらを探しにやってくるに違いありやせん。ほとぼりが冷めるまでしばらく女の家で体を休めて、陽が落ちてからお発《た》ちになったほうが無難でござんすよ」

「その家は近いんですかい？」

「本立野の手前の堀切《ほりきり》村でござんす。ここから四半刻もかかりやせん」

「お言葉に甘えて寄らせてもらいやしょう」

そういうと、伊三郎は三度笠の下から気づかうような目で徳兵衛を見た。

「足は大丈夫ですかい？」

「へえ。ご心配なく」

左脚を引きずりながら、徳兵衛は先に立って歩き出した。

雑木林を抜けて、城山の山麓の小道を西に半里ほど行くと、前方に茅葺き屋根の小さな集落が見えた。本立野の定助郷村《じょうすけごうむら》・堀切村である。

「女？」

定助郷村とは、継ぎ立ての人馬の不足を補充する義務を課せられた村をいう。本立野には堀切村のほかに定助郷村が九カ村あり、総助郷高は三千七百二石である。

徳兵衛が足を向けたのは、堀切村の西はずれの雑木林の中にある、いまにもひしげそうな古い小さな百姓家だった。徳兵衛が板戸を引き開けて、

「お甲《こう》……」

と声をかけると、奥から粗末な身なりの女が出てきた。歳のころは二十五、六か。化粧っ気のない、色の浅黒い百姓女である。だが、よく見ると目鼻立ちのととのった男好きのする面立ちをしていた。

「約束どおり、もどってきたぜ」

ぼろぼろの三度笠をはずし、引廻しの合羽の埃を払いながら、徳兵衛は女に笑顔を向けた。お甲と呼ばれた女は驚いたように目を見張ったが、表情を動かしたのはその一瞬だけだった。にこりともせずに無言で徳兵衛を凝視している。

「客人が一緒だ」

徳兵衛は背後に立っている伊三郎を振り返った。お甲はちらりと目を動かして伊三郎を見た。その目にもまったく感情がなかった。

「伊三郎と申しやす」

伊三郎は三度笠をはずして、お甲に頭を下げた。

「半兵衛一家の身内に追われているところを助けてもらったんだ。すまねえが、酒の支度をしてもらえねえかい」

「何もありませんけど」

一言、小さな声でそういうと、お甲は奥に立ち去った。

「ここなら半兵衛一家に見つかる心配はありやせん。ささ、遠慮なくお上がりになっておくんなさい」

徳兵衛にうながされて、伊三郎は合羽を脱いで部屋に上がった。六畳ほどの板敷きの部屋である。部屋の真ん中に小さな囲炉裏《いろり》が切ってあった。二人は囲炉裏の前に腰を下ろした。奥は二坪ほどの土間になっており、煮炊きをする竈《かまど》がしつらえてある。お甲は竈に掛けられた鍋から野菜の煮物を小鉢に移し、貧乏徳利と茶碗を盆に載せて運んでくると、

「仕事に行ってきます」

といいおいて、そそくさと出て行った。愛想《あいそ》もそっけもない態度である。

「百姓育ちなもんで、礼儀作法を知らねえんですよ」

徳兵衛が苦笑を浮かべていった。

「気になさらねえでおくんなさい」

「お甲さんの仕事ってのは？」

注《つ》がれた酒を呑みながら、伊三郎が訊いた。

「畑仕事だけじゃ食えねえんで、修善寺の湯宿で通い奉公の女中をしておりやす」

「一人暮らしなんですかい？」

「亭主がいたんですがね。二年前《めえ》に流行《はや》り病で死んだそうです。つまり、あっしと知り合ったとき、お甲は後家だったんで」

「……………」

伊三郎は、もうそれ以上は訊こうとしなかった。

若後家のお甲と流れ者の徳兵衛がどこで出会い、どんないきさつで男と女の間柄になったのか知るすべもないし、知りたいとも思わなかった。渡世人の世界ではお互いに相手の過去を詮索《せんさく》しないのが、いわば暗黙の掟《おきて》なのである。

「伊三郎さんは、甲州のどちらの出ですかい？」

空になった伊三郎の茶碗にごぼごぼと酒を注ぎながら、徳兵衛が訊いた。

「都留郡《つるごおり》犬目《いぬめ》村の百姓の小せがれでござんすよ」

「百姓の出にしては、さっきの長脇差さばきはお見事でござんした。渡世は長いんですかい？」

「十二年になりやす」

「十二年か。それに比べると、あっしなんかまだまだ駆け出しでござんすよ」

「歳は、あっしより上とお見受けしやしたが」

「三十五になりやす。この渡世に入ってまだ五年しかたっておりやせんが、そろそろ足を洗おうかと思っておりやす」

「足を洗う？」

「堅気の暮らしが恋しくなったんですよ。お甲と一緒に生まれ故郷の野州に帰って、小商いでもしながらのんびり暮らそうかと――」

徳兵衛は遠くを見るような目つきでいった。間近にその顔を見ると、額や頰に細いしわがきざまれ、歳のわりには老けた面立ちをしている。

「それでお甲を迎えにきたってわけでして」

「帰る故郷《くに》があるだけでも、徳兵衛さんは仕合《しあ》わせでござんすよ」

「伊三郎さんの実家はどうなってるんですかい？」

「両親《ふたおや》も兄弟も十二年前に死にやした」

死んだというより、伊三郎の親兄弟は殺されたのである。犬目村の百姓総代をつとめていた父親の清右衛門《せいえもん》が、相次ぐ凶作で困窮していた村民のために一揆《いっき》を企《くわだ》てたのだが、蜂起直前に仲間から密告者が出て、代官所の鎮圧隊に惨殺されたのだ。かろうじて難を逃れた伊三郎は、二人の密告者を斬り殺して逃亡した。伊三郎、十七歳のときである。

「天涯孤独の身でござんすよ」

「いずれどこかに腰を落ちつける気はねえんですかい？」

「凶状持ちのあっしに腰を落ちつける場所なんてござんせん。生涯、一所不在の旅暮らしってわけで」

「下田に行くとおっしゃってやしたが、何か当てでもあるんで？」

「下田から船で房州に向かうつもりでござんす」

「そうですかい」

うなずいて、徳兵衛は茶碗酒をぐびっと呑み干した。目のまわりがほんのり赤く染まっている。開け放しになった障子窓から心地よい風が吹き込んできた。鮮《せん》黄色《おうしょく》の花をつけた山吹《やまぶき》が春の陽差しを受けてきらきらと耀《かがや》いている。

「いい季節になりやしたねえ。天城の山桜もそろそろ咲きはじめるころでしょう」

窓の外の景色に目をやりながら、徳兵衛が独語するようにつぶやいた。

5

「待ちねえ!」

いきなり背後から野太い声が飛んできた。

長五郎は思わず足を止めて振り返った。大仁村の北はずれの古びた閻魔堂の前である。堂のわきの木立の陰から、鉄紺色の半纏に着流し姿、腰に長脇差を落とした四人の男がうっそりと姿を現した。半兵衛一家の身内である。

「何か用かい?」

「見慣れねえ野郎だな。どこからきたんだ?」

肩の肉の厚い、ずんぐりとした男が剣呑《けんのん》な目で誰何《すいか》した。半兵衛一家の若頭・留次郎《とめじろう》である。長五郎は指先で菅笠を押し上げ、けげんそうに留次郎を見返した。

「おめえさんたちは？」

「半兵衛一家の身内よ。ここから先は半兵衛一家の縄張内だ。他所者が通るときにはちゃんと挨拶をしてもらわなきゃな」

「おいらは駿州清水の長五郎ってもんだ」

「どこへ行くんだ？」

「わからねえ」

「なんだとォ！」

留次郎が気色《けしき》ばんだ。手下の三人の男たちも色めき立ち、いっせいに長脇差の柄に手をかけて身構えた。長五郎はたじろぐ気配も見せず、不敵な笑みを浮かべて、

「宇之吉って野郎を探してるんだ。おいらの行き先を知りたきゃそいつに聞いてくれ」

「何者なんだ？　その宇之吉って野郎は」

「人殺しさ」

留次郎の目がぎらりと光った。

「どうやら事情《わけ》ありのようだな。村の番屋まできてもらおうか」

「番屋？……すると、おめえさんたちは？」

「やっとわかったようだな。うちの親分はお代官所から十手捕縄《とりなわ》を預かる身分なんだ。つべこべいわずについてこい」

「おいらは聞かれたことに答えただけなんだぜ。つべこべいってるのは、おめえさんたちじゃねえか」

「ちッ、口のへらねえ野郎だぜ。おい」

留次郎があごをしゃくった。それを合図に三人の男が長五郎を取り囲み、

「道中差しを預からせてもらおうか」

と迫った。喧嘩っ早さでは人後に落ちない長五郎も、十手持ちの子分が相手ではさすがに手が出せない。いわれるまま素直に腰の道中差しを子分の一人に手渡した。

大仁村は、三島宿から数えて二番目の継ぎ立て村である。

街道沿いに四、五十軒の人家が建ち並び、村のほぼ中央に火の見櫓《やぐら》が立っている。その火の見櫓の真下に番屋があった。建物は江戸の自身番屋よりやや大きく、中に入ると四坪ほどの土間があり、奥に六畳の畳部屋があった。土間の板壁には刺股《さすまた》、袖絡《そでがら》み、突棒《つくぼう》などの捕り物道具が立てかけてある。

畳部屋では、四十がらみの赤ら顔の男と、ほぼ同年配の恰幅《かっぷく》のよい武士が茶をすすっていた。赤ら顔の男が大仁の貸元・半兵衛で、恰幅のよい武士は韮山代官所の手附《てつけ》・真崎弥左衛門《まざきやざえもん》である。そこへ留次郎と三人の男が、長五郎を引っ立てて入ってきた。

「留次郎か、どうしたい？」

と振り向いたのは、半兵衛である。

「妙な野郎を連れてきやした。人殺しを探してるそうで」

「人殺し？」

真崎が険しい表情で見返った。長五郎が菅笠をかぶったまま、四人の男に囲まれて土間に仁王立《におうだ》ちしている。

「笠をはずせ」

真崎がいった。命じられるまま長五郎は菅笠をはずした。

「名と生国《しょうこく》を申せ」

「駿州清水の長五郎と申しやす」

「人殺しを探しているとは、どういうことだ？」

「おいらの義理の母親を殺した宇之吉って野郎を探してるんで」

「意趣返しをするつもりか」

「い、いえ」

長五郎はあわてて首を振った。町人の仇討《あだう》ちには厳しい制限がある。むろん、内心では宇之吉を見つけ次第その場で叩っ斬るつもりでいたが、真っ正直にそういったら咎められるに決まっている。とっさに、

「野郎を見つけたら、すぐさまお代官所に突き出すつもりでございます」

と方便を使っていい抜けた。

「その男を探し出す手だてはあるのか」

「三島宿から下田街道に入ったところまではわかっておりやす。宇之吉はおいらに追われてることを知りやせん。おそらく、いまごろは修善寺あたりの湯宿で豪遊してるんじゃねえかと」

「豪遊だと？」

真崎がぎろりと見返した。

「義理のおっ母《か》さんは二、三十両の金を持っておりやした。宇之吉の野郎は原木の水車小屋でおっ母さんを殺してその金を盗りやがったんです」

「なるほど。……おまえの歳は？」

「十九でございます」

「十九か」

真崎はふところから折り畳んだ紙を取り出して広げた。三人の男の手配書である。その手配書にはこう記されていた。

一、無宿・松蔵《まつぞう》。
生国不明。歳三十五位も若く見え候《そうろう》。色黒く、稍《やや》面長候方《ほう》。眉毛《まゆげ》濃く、鼻高き方。髪《かみ》厚く、小鬢《こびん》に少々白髪《しらが》混じり候方。丈五尺五寸位。

一、無宿・源助《げんすけ》。
生国不明。歳二十七、八位。色浅黒く、細面《ほそおもて》候方。眉薄く、目細き方。口耳常態。丈五尺一寸位。

一、無宿・与市《よいち》。
生国不明。歳二十四、五。目尻下がり、白目赤き方。鼻丸く、唇厚き方。丈五尺三寸位。

手配書から目を離し、真崎がゆっくり顔を上げた。

「どうやら、おまえの話に嘘はなさそうだな。……留次郎」

「へい」

「この男を解き放してやれ」

「かしこまりやした」

真崎と半兵衛に丁重に頭を下げると、留次郎は長五郎をうながして表に出た。

三人の手下も一礼してぞろぞろと出て行く。

「おい、こいつに道中差しを返してやれ」

留次郎に命じられて、手下の一人が道中差しを長五郎に手渡した。

「手間をとらせちまって、済まなかったな」

「あれはいってえ何のご詮議なんで？」

道中差しを腰に差しながら、長五郎がいぶかる目で訊き返した。

「おめえには関わりのねえこった。とっとと消え失せな」

にべもなくいって、留次郎が背を返したとき、

「た、大変だァ！」

半兵衛一家の三下《さんした》らしい若い者が着物の裾をからげて転がるように駆けつけて

きた。

「どうしたい」

「じ、城山の麓《ふもと》で仙吉《せんきち》兄貴たちが、何者かに斬り殺されやした！」

「なにぃッ！」

わめくやいなや、留次郎は手下をうながして一目散に走り出していた。そのうしろ姿を見送りながら、長五郎はゆっくり歩を踏み出した。

つい寸刻前まで頭の真上にあった陽差しが、やや西に傾きはじめていた。

番屋から南へ半丁ほど行ったところに小さな煮売《にうり》屋を見つけ、長五郎はふらりと足を踏み入れた。五、六人も入ればいっぱいになるような狭い店である。昼飯の時刻はとうに過ぎているので、店内に客の姿はなかった。

「いらっしゃいまし」

店の奥から五十年配の亭主がしわ面に笑みを浮かべて出てきた。

「冷や酒をもらおうか。酒の肴《さかな》は適当に見つくろってくんな」

「かしこまりました」

亭主は奥の板場に去ったが、すぐに徳利と小鉢を盆に載せて運んできた。肴は漬物と鯉《こい》の甘露煮《かんろに》である。長五郎は手酌で酒を呑みながら、

「この村で何か事件でもあったのかい？」

と、さり気なく亭主に訊ねると、

「旅人さんも半兵衛一家に捕まりましたか」

亭主は同情するような面持ちで訊き返した。

「番屋にしょっ引かれて代官所の役人からあれこれと訊かれた。まるで罪人あつかいだったぜ」

「それはお気の毒に……」

と目を伏せながら、亭主はかたわらの空き樽《だる》に腰を下ろして事情を話しはじめた。

「昨年の秋、下田で押し込み事件がありましてね」

亭主の話によると、昨年（天保八年）の九月（新暦十月）なかばごろ、下田の廻船問屋『興津屋《おきつや》』に五人の賊が押し入り、家人や奉公人を皆殺しにしたあげく、千両の金を奪って下田街道を北に向かって逃げたという。

「ところが、天の怒りとでも申しますか」

亭主はしわのように細い目をしばたたかせて身を乗り出した。

「その晩、突然、天城の山に大雨が降りましてね。あちこちの沢で鉄砲水は出るわ、山崩れは起きるわ、そりゃもう大変な荒れ模様でしたよ」

ふだんでも天城越えは下田街道一の難所なのである。大雨に見舞われた五人の賊の身に何が起きたのか、想像にかたくなかった。

「天城の山中に迷い込んだ五人は――」

亭主が語をつぐ。

「てんでんばらばらになって逃げ散ったそうですが、一味の頭分《かしらぶん》の武吉《ぶきち》という男は山崩れに巻き込まれて命を落とし、手下の一人は大怪我をして村はずれの野小屋にひそんでいるところを、韮山のお代官所のお役人に見つかって捕まったそうです」

「残りの三人はどうなったんだい？」

「何とか命拾いをして逃げたようです。お代官所は捕まえた男を厳しい吟味にかけて、その三人の名前と人相を聞き出したそうです」

先刻の手配書に記されていた松蔵、源助、与市という男がその三人である。代官所に捕まった弥平《やへい》という男は、怪我の出血が止まらず、吟味の途中で息を引き取ってしまったという。

「下田の廻船問屋から奪った千両の金は、生き残りの三人が持って逃げたのかい？」

「いえ」

と亭主はかぶりを振った。

「死んだ弥平って男の話によると、鉄砲水や山崩れから身を守るのが精一杯だったようで、金を持って逃げる余裕《ゆとり》なんかなかったそうですよ」

千両箱は、小判千枚の重量（約十一キログラム）と松の板と鉄の金具で作られた頑丈な箱の重さを加えると、総重量はおよそ四貫五百匁（約十七キログラム）になる。大雨の天城山中ではそれが一味の足かせになったのだ。

「すると、その千両は？」

「天城の山中に埋めたそうです」

「埋めた？」

「年が明けて春になったら、埋めた金を取りに行こうと、四人はそう約束し合って別れたそうです」

だが、それ以上くわしいことは、吟味の途中で弥平が死んでしまったために聞き出せなかったという。

「なるほど」

得心がいったように、長五郎は深くうなずいた。

「それで村に入る他所者に目を光らせてたってわけか」

「天城がいまが一番いい季節ですからねえ。そろそろその三人が姿を現すんじゃないかと、半兵衛一家は手ぐすね引いて待ち受けているんですよ」

「おかげで、おいら、とんだとばっちりを食っちまったぜ」

苦笑を浮かべて、長五郎は猪口《ちょこ》の酒をぐびりと呑み干した。

第二章　恩義

1

ざわざわと樹葉《じゆよう》がそよぐ音がして、開け放たれた障子窓から、風が吹き込んできた。

ひんやりと冷気をふくんだ夕風である。

背中に寒けを感じて、伊三郎はふっと目を醒《さ》ました。

そこはお甲の家の板間の囲炉裏端《いろりばた》である。部屋の中には薄い夕闇が忍び込んでいた。かたわらで徳兵衛が高いびきをかいて眠りこけている。酒を酌みかわしているうちに、いつの間にか二人とも寝込んでしまったらしい。

伊三郎は体を起こして三度笠《さんどがさ》と道中合羽、長脇差《ながどす》を引き寄せると、足音を立てぬようにそっと土間に下りて草鞋《わらじ》をはいた。徳兵衛はまったく目を醒ます気配がない。

板戸を引き開けて、表に出た。

雑木林の樹間の奥に、わずかに残照がにじんでいる。

時刻はすでに七ツ（午後四時）を廻っているだろう。春とはいえ、このあたりは朝夕の気温の変化が激しく、陽が落ちると急激に冷え込んでくる。

戸口で三度笠をかぶり、道中合羽を引き廻して身にまとうと、伊三郎は静かに板戸を閉めた。徳兵衛が目を醒ましたら「泊まって行け」と引き止めるに違いない。だが、この家はあくまでもお甲という堅気の女の家なのである。よほど切迫した事情がないかぎり、伊三郎は堅気の衆の家には泊まらないことにしていた。何か事が起きたときに、その家のあるじや家人に迷惑をかける恐れがあるからである。

雑木林を抜けて街道に出た。

堀切村から本立野（修善寺）までは、およそ一里（約四キロ）の道のりである。

夕闇が濃くなるにつれて、街道を往来する人影も次第に消えていった。

堀切村を過ぎると、街道の左に見えていた狩野川は東に流れを変えはじめ、そこに西のほうから別の川がそそぎ込んでいた。桂《かつら》川である。

街道は桂川に沿ってやや登り道になった。さらに南へ十丁（約一キロ）ほど行くと、夕闇の奥に蛍火《ほたるび》のように揺らめく明かりが見えた。修善寺の湯宿の明かりである。

修善寺は桂川に沿って湯宿が建ち並ぶ、山間《やまあい》ののどかな出湯《いでゆ》の里である。大同《だいどう》二年（八〇七）、この地をおとずれた弘法大師《こうぼうだいし》は、桂川の清流で病身の父親の体を洗っている少年の姿を見て、その孝心に打たれ、

「川の水では冷たかろう」

と手にした独鈷《とっこ》（仏具）で川の中の岩を打った。すると岩の割れ目から温かい霊泉《れいせん》が湧き出し、その湯を浴びた父親の持病がたちまち治った、という伝説がある。

そうした伝説とともに修善寺の名は諸国に広まり、江戸期には独鈷の湯、石湯、箱湯、稚児《ちご》の湯などと称して、農家が湯治《とうじ》客相手に部屋貸しをはじめ、次第

に湯治場としての形態をととのえていったのである。

天然の野天風呂である〝独鈷の湯〟は伊豆最古の温泉で、修善寺温泉発祥の地ともいわれ、湯宿のほとんどはその周辺に建ち並んでいた。あちこちから白い湯煙が立ちのぼり、桂川の河畔《かはん》の道を、浴衣《ゆかた》がけの湯治客たちがぞろぞろ歩いている。

伊三郎は街道沿いの一膳飯屋で夕食をとると、独鈷の湯から五丁（約五百四十五メートル）ほど南に下がった桂川のほとりに、一軒だけぽつんと建っている木賃宿を見つけ、その宿に旅装を解くことにした。修善寺をおとずれる旅人の大半は湯治が目的なので、賄《まかな》いも風呂もない素泊まりの木賃宿は、季節を問わず空《す》いており、相部屋になることはめったにない。

四畳半の一人部屋に通された伊三郎は、振り分けの小行李《こごうり》を肩から下ろし、道中合羽を畳んで三度笠の上に重ねると、手甲脚絆《てっこうきゃはん》をはずして着流し姿になり、財布と長脇差だけを持って宿を出た。

夕闇はすでに宵闇に変わろうとしていた。

東の空に丸い月がぼんやりと浮いている。天城下ろしの寒風に身をさらしながら、伊三郎は桂川の河畔のゆるやかな下り道を下流に向かって歩いた。

やがて前方に篝火《かがりび》の明かりが見えた。立ちこめる湯煙が霧のように白く耀《かがや》いている。

篝火の下に急な石段があり、その石段を下りたところに、巨岩で囲まれた〝独鈷の湯〟があった。夕食時のせいか、湯浴《ゆあ》み客の姿はなかった。

伊三郎は石段のわきの岩場で着物を脱ぎ、財布と長脇差を手の届くところに置いて湯に入った。昨夜は三島宿の木賃宿泊まりだったので、湯を浴びるのは二日ぶりである。

桂川のせせらぎの音に耳を傾けながら、伊三郎は静かに目を閉じて湯につかった。

濡《ぬ》れた背中に、見事な刺青《いれずみ》がくっきりと浮かび上がっている。九頭の青竜《せいりゅう》がからみ合ったいわゆる「九紋竜《くもんりゅう》」の図柄の刺青である。

古来「竜は水を呼ぶ」といい伝えられている。そのいい伝えにちなんで、一揆の鎮圧隊によって家もろとも焼き殺された父母の供養のために、十八のときに相《そう》州《しゅう》藤沢《ふじさわ》宿の〝彫辰《ほりたつ》〟という彫物師に「九紋竜」の刺青を彫ってもらったのだが、いつしかその刺青が伊三郎の通り名になっていた。

と、ふいに岩場に足音がひびき、湯煙の奥に人影がにじみ立った。湯治客が入ってきたのだろう。伊三郎は気にもとめず、目を閉じたままじっと湯につかっている。人影がざぶざぶと湯をかきわけて近寄ってきた。

「失礼しやす」

聞き覚えのある声に、伊三郎は思わず振り返って見た。人影は長五郎だった。

「おめえさんは……」

「やァ、またお会いしやしたね」

白い歯を見せてぺこりと頭を下げる長五郎に、伊三郎は軽く会釈《えしやく》を返して、

「長五郎さんも修善寺泊まりですかい？」

と訊《き》いた。

「へい。『あざみ屋《や》』って湯宿に宿をとったんですが、宿の内湯《うちゆ》じゃ風情がねえんで独鈷の湯にひとっ風呂《ぷろ》浴びにきたってわけで。伊三郎さんはどこにお泊まりで？」

「この先の木賃宿に泊まっておりやす」

「よかったら、湯上がりに一杯やりませんか」

「せっかくですが、明日が早いんで……。先に失礼させていただきやす」

と立ち上がったとたん、ふいに長五郎が素《す》っ頓狂《とんきよう》な声を張り上げた。

「も、もしや、その九紋竜は……！」

湯の中に立ったまま、伊三郎はゆっくり振り向いた。

「背中の彫り物のことですかい」

「おみそれいたしやした！」

ザバッと湯しぶきを上げて立ち上がると、長五郎は体をくの字に折って頭を下げた。

「〝九紋竜の伊三郎〟さんとは知らずに、とんだご無礼を」

「なぜ、あっしのことを？」

「遠州浜松で米の売り買いをしてるときに、遊び仲間からうわさを聞きやした。越後《えちご》街道の鳥井《とりい》峠で七人のやくざ者を斬った〝九紋竜の伊三郎〟って凄腕《すごうで》の渡世人がいると」

長五郎が浜松で米相場を動かしていたのは十五歳のとき、つまり、いまから四年前のことである。伊三郎もその事件を忘れてはいなかった。

天保五年（一八三四）七月末——。

伊三郎は越後街道を南に向かって米蔵宿《よねくら》、綱木宿《つなぎ》、津川宿《つがわ》と流浪の旅を重ねていた。

じりじりと照りつけていた真夏の陽差しが、ようやく西に傾きはじめたころ、鳥井峠の登り口にさしかかった。峠道の両側にはうっそうと樹木が生い茂り、さながら緑の隧道《すいどう》のごとき景観を呈《てい》していた。その隧道に一陣の風が吹き抜け、白く乾いた峠道に土埃《つちぼこり》が舞い上がった。そのときである。

突然、布帛《ふはく》を引き裂くような悲鳴がひびき、峠の頂《いただき》付近から若い女が転がるように駆け下りてきた。伊三郎は思わず足を止めて三度笠のふちを押し上げた。女の姿が異常だった。真紅の長襦袢《ながじゆばん》一枚である。しかも襦袢の紐がほどけて前が大きく乱れ、白い胸乳《むなぢ》をあらわにさらけ出している。半裸といっていい姿だった。

女のあとから七人の男が追ってくる。いずれも三度笠に黄縞《きじま》の単衣《ひとえ》、浅黄《あさぎ》の股引《ももひき》きに黒の手甲脚絆、腰に長脇差を落とした旅のやくざ者だった。

あとで知ったことだが、七人の男たちは津川宿の竹蔵《たけぞう》一家の身内で、敵対する野沢《のざわ》宿の藤五郎《とうごろう》一家の賭場に殴り込みをかけての帰りだったのである。斬った張ったの昂《たかぶ》りが冷めやらぬ七人は、鳥井峠の頂付近で二人の供を連れた旅の女を見つけ、盛りのついた野良犬のように襲いかかったのだ。着物を引き剥《は》がされて半裸にされた女は、必死に男たちの手をふりほどき逃げ出した。そこへ通りかかったのが伊三郎だった。

女が伊三郎の背後に廻り込んだために、伊三郎は女をかばって七人の男たちの前に立ちふさがるような恰好《かっこう》になった。それを見て男たちはいきり立った。

「てめえ、邪魔しやがる気か!」

「構わねえから、殺《や》っちまえ!」

口々にわめきながら、七人がいっせいに斬りかかってきた。いっせいにといっても、道幅のせまい下りの峠道では、七人が同時に斬りかかることはできない。実際に斬り込んできたのは先頭の二人で、残りの五人は後方で怒号を上げながら、長脇差を振りかざして右往左往しているだけだった。

伊三郎は抜きざまに一人を薙《な》ぎ倒し、返す刀で二人目を袈裟《けさ》に斬り伏せると、長脇差を脇構えにして、後方の五人に突進していった。

不意をつかれて五人は算を乱した。集団で長脇差を振り廻せば仲間を斬りかねない。それを避けるために散り散りになったのである。そこに隙《すき》が生じた。

伊三郎の動きは信じられぬほど速かった。脇構えにした長脇差で一人の胴を払い、すぐに体《たい》を返して四人目を斬り倒すと、右横から斬りかかってきた男の胸を突き刺した。流れるような動きである。残る二人が左右から同時に襲いかかってきた。

左からの斬撃《ざんげき》を長脇差の峰ではじき返すと、伊三郎はすぐさま片膝《ひざ》をついて身を沈め、右から斬りかかってきた男の首筋を逆袈裟に薙ぎ上げた。長脇差をはじき返された男が、間髪を容れず斬り込んできた。伊三郎は横に跳んで切っ先をかわし、叩きつけるような一刀を男の背中に浴びせた。

息も乱さず、伊三郎は長脇差の血ぶりをして鞘《さや》に納めた。

すべてが一瞬の出来事であった。峠道に七人の男の死骸が累々《るいるい》と転がっている。

かたわらの木立《こだち》の陰に身をひそめて一部始終を見ていた女が、長襦袢の前を両手でしっかり合わせながら、恐る恐る歩み出てきた。歳のころは十七、八、色の白い清楚な感じの娘である。女は越後新発田《しばた》の造り酒屋の娘で、お妙《たえ》と名乗った。二人の手代《てだい》を連れて江戸の親類の家をたずねるところだったという。その二人の手代は七人の男たちに叩きのめされ、峠の頂上付近に倒れていたが、命に別状はなく、ほどなく意識を取りもどした。

「おかげで助かりました。このご恩は一生忘れません」

あらためて礼をいう女に背を向けて、伊三郎は足早に立ち去った。

その事件が人の口から口へと伝わり、やがて「鳥井峠の七人斬り」の武勇伝となって世間に知れ渡ったのであろう。

「四年前の喧嘩沙汰《けんかざた》が浜松まで聞こえておりやしたか。……世間は広いようで狭いもんでござんすね」

そういって、伊三郎はほろ苦く笑った。

「その伊三郎さんに、こうして間近にお目にかかれるなんて、おいらにとっては夢のような話でござんすよ」

長五郎は渡世の世界というものを頭の中でしか理解していないのだ。十年以上も流れ歩いて、生きるか死ぬかの修羅場をくぐり抜けてこなければ、この渡世の厳しさや醜悪さを身をもって理解することはできまい。伊三郎はそう思ったが、若い長五郎にそれをいっても仕方のないことだった。

「ところで――」

長五郎がふと思い出したように話題を変えた。

「原木からここへくるとき、大仁村は通らなかったんですかい?」

「いや」

と伊三郎はかぶりを振った。

「半兵衛一家の身内が南に下る旅人たちに監視の目を光らせていたんで、関わり合いを避けるために抜け道を通ってめえりやした」

「さすがでござんすね。おいらはまったく気づきやせんでした」

おのれの迂闊《うかつ》さを自嘲するように、長五郎は薄い笑みを浮かべていった。

「おかげで大仁村で足止めを食わされちまいましたよ」

「連中に何かいいがかりでもつけられたんですかい？」

「番屋にしょっ引かれて、韮山代官所の役人から詮議《せんぎ》を受けやした」

「詮議を？」

けげんそうに訊き返す伊三郎に、長五郎は煮売《にうり》屋の亭主から聞いた下田の押し込み事件のことや、五人の賊が天城越えの途中で大雨に見舞われ、頭分《かしらぶん》の武吉という男が山崩れに巻き込まれて死んだこと、子分の一人が大怪我を負って代官所の役人に捕まり、吟味の途中で死亡したこと、そして生き残った三人が天城の山中に埋めた千両の金を掘り起こすために、近々天城に舞いもどってくるらしい——という話をあますところなく語り、最後に憤慨するような口調でこういった。

「それにしても、村に入る他所者《よそもの》を片っぱしから番屋にしょっ引いて詮議にかけるなんて、半兵衛一家のやり口は荒っぽすぎやすぜ」

「堅気《かたぎ》の旅の衆も、さぞいい迷惑をしてることでしょうよ」

いいながら、伊三郎は濡れた体を手拭《てぬぐ》いで拭《ふ》いて岩場に上がった。

「もう上がるんですかい」

「長湯は苦手なもんで」

手早く衣服を身につけると、先に失礼させていただきやすと一礼して、伊三郎は足早に石段を登っていった。

2

〝独鈷の湯〟から五、六丁（約五百四十五～六百五十四メートル）離れた桂川の下流に、ひときわ大きな湯宿があった。

この界隈《かいわい》ではめずらしい瓦葺《かわらぶ》き二階建ての宿で、入り口の唐破風《からはふ》屋根に『常磐《ときわ》屋《や》』の屋号を浮き彫りにした木彫り看板がかかげられている。

その二階の座敷で、三人の男が酒を酌みかわしていた。一人はでっぷりと肥《ふと》った五十前後とおぼしき初老の男、『常磐屋』の主人・平右衛門《へいえもん》である。その前に座っている二人の男は、大仁の蝮《まむし》の半兵衛と韮山代官所の手附《てつけ》・真崎弥左衛門であった。

「例の三人組は、まだ現れませんか」

半兵衛と真崎に酒を注《つ》ぎながら、平右衛門が訊いた。

「城山の麓《ふもと》でうちの子分が四人、何者かに斬り殺された。ひょっとするとやつらの仕業《しわざ》かもしれねえ」

苦々しく応えたのは、半兵衛である。平右衛門の顔に驚愕《きょうがく》が奔《はし》った。

「身内衆が……！」

「四人とも枕を並べて討ち死によ」

「もし、それが三人組の仕業だとすると、いまごろはもう天城に向かっているんじゃないでしょうか」

「そう思って、子分を五人ばかり湯ガ島に差し向けたんだが、あそこは勘蔵一家の縄張りだからな。半兵衛一家の身内と聞けば村の者の口も堅くなる。探索には手間がかかりそうだ。そう簡単には見つからねえだろう」

「ふっふふ、ずいぶんと弱気なことを申すではないか」

真崎が酒杯を口に運びながら、皮肉な笑みを浮かべた。

「三年前の一件で〝蝮の半兵衛〟もすっかり毒気を抜かれたようだな」

「別にそういうわけじゃありやせんがね」

半兵衛は渋い顔で額に手をやった。

三年前の一件とは、半兵衛一家と天城の勘蔵一家との二カ月におよぶ縄張り争いのことである。当時、半兵衛一家は三下をふくめて身内十八人という小所帯の新興勢力だった。半兵衛はそのわずかな手勢をひきいて北は原木、南は本立野までを縄張りにおさめ、さらには天城湯ガ島の勘蔵一家の縄張りをも虎視眈々《こしたんたん》とねらっていた。

雨の多い天城は天然資源の宝庫である。松、杉、槻《つき》、栢《かや》、栂《つが》、樅《もみ》、樫《かし》などの木材のほかに、紙の原料となる三椏《みつまた》や楮《こうぞ》、樟脳《しょうのう》の原料となる楠《くすのき》、そして天城名産の椎茸《しいたけ》、わさびなど多種多様な産物に恵まれ、村人たちの暮らしも豊かだった。

天保九年の記録によると、湯ガ島村で栽培されたわさびの売り上げだけでも六百両に上ったという。勘蔵一家は、そうした天城の産物を密売者の手から守り、みずからもわさび田を所有するなど、博徒というよりは地元の殖産家《しょくさんか》として、村人たちから畏敬《いけい》の念で見られていた。

村が豊かになれば、人が集まるのは理の当然である。すでに延享《えんきょう》元年（一七四四）には湯ガ島の家数は二百五軒、人別八百四十二人を数えたという。同時代の調査によると、代官所の所在地である韮山の家数は七十八軒、人別三百七人であった。この数字を見ても、いかに湯ガ島の人口が多かったかわかるであろう。勢力拡大を図る半兵衛一家にとって、勘蔵一家が支配する湯ガ島の縄張りは垂涎《すいぜん》の的《まと》だったのである。

抗争の火蓋《ひぶた》が切って落とされたのは三年前、すなわち天保六年（一八三五）の八月だった。半兵衛一家の身内の一人が、湯ガ島の居酒屋でささいなことから勘蔵一家の身内と喧嘩となり、それを口実に半兵衛は十八人の身内をひきいて、勘蔵一家に殴り込みをかけたのである。

だが、結果は散々だった。日ごろから半兵衛一家の横暴に反感をいだいていた村の若い衆たちが勘蔵一家に加勢したために、思わぬ苦戦をしいられたのである。

決着のつかぬまま、抗争は二カ月におよんだ。

半兵衛としては、自分のほうから喧嘩を仕掛けた手前、意地でも引き下がるわけにはいかなかったし、さりとて抗争が長引けば壊滅的な打撃を受けるのは必至だった。まさに抜き差しならぬ泥沼状態に陥《おちい》っていたのである。

真崎弥左衛門が、韮山代官所の手附として江戸から赴任してきたのは、ちょうどそのころであった。事態の収拾に頭を悩ませていた半兵衛はさっそく代官所をたずね、真崎に賄賂《まいない》を贈って喧嘩の仲裁を依頼し、ようやく勘蔵一家との手打ちにこぎつけたのである。

「あのころは、うちもまだ所帯が小さかったし、何より真崎さまという後ろ楯《だて》がなかったもんですからねえ」

半兵衛は弁解するようにいった。

「けど、いまはこうして真崎さまから十手《じって》捕縄《とりなわ》をあずかる身分になり、おかげさまで身内の数も三倍以上に増えやした。もう勘蔵一家には一歩も引けを取りやせんよ」

「それは結構なことだが、わしの立場もあるからな。表立って事を起こすような真似だけはつつしんでくれよ」

真崎が諫《いさ》めるような口調でいった。

「重々承知しておりやす。真崎さまに迷惑がかかるようなことは決して」

「しかし、半兵衛」

呑み干した酒杯を膳に置いて、真崎は思い直すようにいった。

「三年前の喧嘩と今回の件とは話が別だ。押し込み一味の探索という大義名分がある以上、縄張りも領分も関わりあるまい。手加減せずに存分にやるがよい」

「へい」

「もし勘蔵一家や村の者が探索の邪魔をするようなことがあれば、それこそこっちの思う壺《つぼ》だ。わしが直接出向いてそやつらを片っぱしから捕縛してやる」

「真崎さまにそういっていただけると、心強うございます」

卑屈《ひくつ》な笑みを浮かべて、半兵衛は頭を下げた。それを横目に見ながら平右衛門が、

「ところで、真崎さま」

と、あらたまった表情で膝を進めた。

「手前のほうからも、一つ、お願いがございます」

「どんなことだ？」

「近ごろ、炭の積み出しの監視がきびしくなりましてね。手前どもの商いもやりにくくなっております。真崎さまのお力添えで何とか手心《てごころ》を加えていただけないものかと」

平右衛門は湯宿『常磐屋』をいとなむかたわら、大型の川荷船を三艘所有し、

「木宿《きじゆく》」と呼ばれる仲買業も兼業していた。平右衛門の木宿であつかう主な商品は、天城で生産された炭である。物の書に、

〈江戸にて所用の炭は、伊豆の天城炭を上品とす〉

とあるように、天城の炭は火持ちのよい堅炭《かたずみ》で、江戸では紀州《きしゆう》の備長炭《びんちようたん》と並んで高級品とされていた。

炭の原料となる木材は、幕府直轄の御用林から伐《き》り出されるため、炭の生産も請負制になっていた。請負業者が幕府に運上《うんじよう》金を払って炭を生産するという制度である。

ところが、業者の中にはその炭を横流しする不心得者もいた。幕府に運上金を納めず、直接仲買業者に売り渡すという不法売買である。平右衛門の木宿であつかっている炭も、実はそうした横流しの炭だったのだ。

「代官所の者が炭の積み出しを監視していると申すのか」

真崎が訊き返した。

「はい。杉江《すぎえ》さまでございます」

「杉江久馬《きゆうま》か」

「以前は月に一度ほどでしたが、近ごろは三日に一度見廻りに歩いております。

炭を積み出すたびにいちいち見咎《とが》められたのでは、商いが立ちゆきません」

「あの男は融通《ゆうづう》が利かぬからのう」

真崎は眉をひそめていった。

韮山代官所の役職は公事方《くじかた》と地方《じかた》、山方《やまかた》の三つに分かれており、真崎は公事方の手附、杉江久馬は山方の手代である。歳は真崎より九歳下の三十二歳、身分も真崎より下の手代だが、実務に優れ、天城の地理にも明るく、内外に評判の能吏《のうり》であった。

「話はわかった。杉江にはそれとなくいいふくめておこう」

「一つ、よしなにお取り計らいのほどを」

両手を突いて、平右衛門は深々と低頭した。

伊三郎が修善寺の木賃宿を発《た》ったのは、翌朝の六ツ（午前六時）ごろだった。

未明に雨が降ったせいか、街道には白い朝靄《もや》が立ち込めていた。

修善寺を出ると街道は狩野川に沿ってなだらかな登り坂になり、河畔《かはん》の景色も次第に変わってくる。朝靄がたゆたう河原には巨大な岩石が転がり、玄武岩《げんぶがん》を剔《む》き出しにした山肌から糸を引くように滝が流れ落ち、清冽《せいれつ》な渓流が岩を嚙《か》んで白い飛沫《しぶき》を上げている。

まさに深山幽谷《しんざんゆうこく》の景観である。

半刻《とき》（一時間）ほど歩くと、やがて前方に小さな木橋が見えた。嵯峨沢《さがざわ》橋である。橋の向こうはもう湯ガ島村である。

朝靄が晴れて、東の空から朝陽が差してきた。

川の両岸に生《お》い茂る木々の若葉が、朝陽に映えてきらきらと耀いている。

伊三郎は足を止めて、三度笠の下から懐かしそうに周囲の景色を見渡した。

南の空に天城連山が黒々と横たわっている。「天上の城のように高い山」といわれる天城山脈は、標高四百二十八丈（千二百九十九メートル）の万二郎岳《ばんじろうだけ》と、四百六十四丈余（千四百六メートル）の万三郎岳《ばんざぶろうだけ》を主峰とする複合火山である。

伊三郎は三度笠の紐をむすび直して、ふたたび歩き出した。そのときである。

「待ちな」

野太い声がひびき、突然、嵯峨沢橋のたもとの雑木林の中から、菅笠をかぶった三人の男がばらばらと飛び出してきた。いずれも浅黄色の単衣に薄鼠《うすねず》色の股引き、腰に長脇差を落としたやくざふうの男である。伊三郎は足を止めて、無言で三人の男たちを見やった。一人は鉄砲を構えている。菅笠《すげがさ》を目深《まぶか》にかぶっているので顔は見えなかった。

「おめえさん、どこに行くつもりだい？」

声をかけてきたのは、鉄砲を構えた男だった。骨太のがっしりした体軀《たいく》の男である。次の瞬間、伊三郎の口から意外な応えが返された。

「その声は、もしや清之助《せいのすけ》さんじゃ……」

「え？」

男はびっくりしたように菅笠を押し上げて伊三郎を見返した。笠の下に見えた顔は、色が浅黒く、目鼻立ちのはっきりした三十二、三歳の男である。

「おひさしぶりでござんす」

伊三郎はおもむろに三度笠をはずして、男に一礼した。

「おめえさんは！」

「二年前《めえ》にご当家に草鞋《わらじ》を脱がせてもらった伊三郎でござんすよ。その節は大変お世話になりやした」

「九紋竜の伊三郎さんですかい。これはとんだご無礼を――」

構えていた鉄砲をあわてて下に向け、男は深々と低頭した。天城の勘蔵一家の代貸・清之助である。身構えていた二人の男も長脇差の柄からパッと手を離して頭を下げた。

「下田に向かう途中、二年前のお礼かたがた、遅ればせながらお貸元の還暦祝いをさせてもらおうと思いやしてね」

「それはご丁寧《ていねい》にありがとうござんす」

「お貸元は達者でござんすか」

「それが……」

清之助の顔が曇った。

「昨年の秋、家中に不幸がございやして」

「不幸？」

「くわしい話は歩きながら、……どうぞ、笠をつけておくんなさい」

そういうと、清之助は二人の子分をうながし、先に立って歩き出した。伊三郎も三度笠をかぶって三人のあとについた。

「伊三郎さんは、勘蔵親分のお嬢さんをご存じですかい？」

歩きながら、清之助が訊いた。

「たしか、下田の商家に嫁いだと聞きやしたが――」

二年前に勘蔵一家に草鞋を脱いだとき、貸元の勘蔵から娘の話をちらりと聞いたことがあった。娘の名はお佳代《かよ》。伊三郎の記憶に間違いがなければ、お佳代は今年二十五歳になるはずだ。勘蔵の女房はお佳代を産んで間もなく産後の肥立《ひだ》ちが悪く、この世を去ったという。以来、勘蔵は男手ひとつでお佳代を育ててきた。お佳代が十五になったとき、

「娘だけには堅気の暮らしをさせてやりてえ」

と下田の知人の家にお佳代を預け、読み書き手習いはもとより、琴《こと》、生け花、茶の湯などの稽古事《けいこごと》に通わせ、勘蔵にいわせれば、

「どこに出しても恥ずかしくねえ」

立派な娘に育て上げたのである。事実、お佳代は器量もよかったし、博徒の娘とは思えぬ気品も備えていた。そんなお佳代に縁談が舞い込んできたのは、十九のときだった。

いまから六年前の天保三年のことである。

天然の良港を擁する下田は「風待ちの港」といわれ、上方と江戸を往来する廻船の中継基地として大いににぎわっていた。

出船入船　三千艘

伊豆の下田に長居はおよし

縞《しま》の財布が空《から》になる

と俗謡に唄われているように、船主や荷主、仲買人、船乗りなどを相手にする色町もあり、江戸の盛り場に勝るとも劣らぬ華やかなにぎわいを見せていたのである。

お佳代の縁談の相手は、その下田で三本の指に入るという廻船問屋『興津屋』の総領息子・秀次郎《ひでじろう》だった。茶の湯の稽古に行くお佳代を町で偶然見かけ、秀次郎が一目惚《ひとめぼ》れしたのである。

まさに「玉の輿《こし》」というべきその良縁を、誰よりも喜んだのは父親の勘蔵だった。

清之助の話によると、勘蔵はお佳代が嫁ぐときに三百両の持参金を持たせたという。三百両は現代の貨幣価値に換算すると、およそ千八百万の大金である。

秀次郎にぜひにと請《こ》われて『興津屋』に嫁いだお佳代は、ほどなく子供にも恵まれ、平穏で仕合《しあ》わせな日々を送っていた。

ところが昨年の九月、悪夢のような惨劇が『興津屋』を襲った。

家人が寝静まった深夜、突然、黒覆面の五人の賊が押し込み、秀次郎の老父母と秀次郎夫婦、五歳になる息子、奉公人六人の合わせて十一人を惨殺、土蔵から千両箱を奪って逃走するという、残虐きわまりない事件が起きたのである。

「むごいことに、お嬢さんは五つになる我が子を抱いたまま、その子もろとも背中を串刺しにされて殺されたそうで」

怒りを嚙みしめるように清之助はそういった。押し込み事件のあらましは、長五郎から聞いて伊三郎も知っていたが、勘蔵の娘がその事件に巻き込まれて死んだという話は初耳だった。驚きを超えて、深い悲しみと怒りが伊三郎の胸にこみ上げてきた。

「一報を聞いたとたん、勘蔵親分は驚きのあまり卒中を起こしちまいやして、それ以来寝たり起きたりの毎日でござんす」

「そうですかい」

憤怒《ふんぬ》のために、伊三郎の声は極端に低くなっている。

「そんな事件が起きていたとは、夢にも思いやせんでしたよ」

「──その晩、天城に大雨が降りやしてね」

坂道を黙々と歩きながら、清之助が話をつづける。

「道に迷った五人の賊は、千両箱を天城の山中に埋めて、命からがら三島のほうへ逃げ散ったそうですよ」

その話も長五郎から聞いて知っていた。長五郎は大仁村の煮売屋の亭主から聞いたといっていたが、このあたりでは誰でも知っている話なのだろう。

「逃げる途中、一味の頭分の武吉って男が山崩れに巻き込まれて命を落とし、手下の一人も大怪我をして代官所の役人に捕まり、ほどなく死んだそうです。そいつが息を引き取る前に吐いた話によると、生き残った三人が埋めた金を掘り起こすために、近々天城に舞いもどってくるらしいんで。あっしらはその三人を探していたところでござんすよ」

「お嬢さんの仇討《あだう》ちってわけですかい」

「へい。そいつらが役人に捕まる前に、何としてもあっしらの手で探し出してお嬢さんの仇《かたき》を討ってやろうと……。そうしなきゃお嬢さんの無念は晴れねえし、あっしらの腹の虫もおさまりやせん」

「大仁の半兵衛一家も血まなこでその三人を探しておりやしたが——」

「あの連中は欲で動いてるだけでござんすよ」

「欲？」

清之助が苦々しくいった。

「一味が天城の山に埋めた千両の金です。その金を横取りして代官所の役人と山分けするつもりにちがいありやせん」

「なるほど、そういう魂胆《こんたん》だったんですかい」

半兵衛一家が身内を総動員して一味の追捕《ついぶ》に躍起《やっき》になっている理由がそれでわかった。

3

川沿いの曲がりくねった登り道を半刻（一時間）も南へ行くと、やがて前方にもう一筋の川が見えた。猫越《ねっこ》川である。その二つの川が重なるあたりに集落が見える。

あちこちから白い湯煙や朝餉《あさげ》の炊《かし》ぎの煙が立ち昇っている。

緑の樹林に囲まれた幽邃《ゆうすい》な出湯の里・湯ガ島である。

湯ガ島温泉は世古《せこ》、西平《にしひら》、落合《おちあい》、湯端《ゆばた》の四湯からなり、猫越川の合流点の世古峡に大小二十数軒の湯宿が身を寄せ合うように建っている。

勘蔵一家の家は、世古峡の温泉場から半里（約二キロ）ほど離れた山の麓にあった。茅《かや》葺き、入母屋《いりもや》造りの大きな家である。菱《ひし》形に「勘」の字の代紋を記した腰高障子を開けて中に入ると、そこは広い土間になっており、奥に八畳ほどの板間があった。

土間に入ると、清之助はすぐ若い者に命じて濯《すす》ぎ盥《だらい》を用意させた。

「ご随意に足をお濯ぎください」

「ありがとうございやす」

礼をいって、伊三郎は三度笠と道中合羽をはずし、脚絆を脱いで足を洗った。

「親分もさぞ喜ぶでしょう。ささ、どうぞ、こちらへ」

清之助に案内されて、伊三郎は中廊下の奥の勘蔵の部屋に向かった。

「親分、九紋竜の伊三郎さんがお見えになりやしたよ」

襖《ふすま》の前に片膝をついて清之助が声をかけると、中から「おう」と勘蔵のしゃがれ声が返ってきた。清之助に目顔でうながされて、伊三郎は静かに襖を引き開けた。

奥の寝床に小柄な老人が座っていた。貸元の勘蔵である。真っ白い頭髪に土気色の顔、目がくぼみ、頰がげっそりとそげ落ちている。二年前に会ったときより、体もひと回り小さくなったような気がする。

「勘蔵親分さんには、おひさしぶりにお目にかかりやす。その節は親分さん、ご一同さんのご厚情に与《あずか》り、一宿一飯のお取り持ちをいただきやして、まことにありがとうございやした」

「よ、ようおいでくだすった」

勘蔵は目を細めた。卒中の後遺症で舌が廻らないのだろう。軽い吃音《きつおん》である。

「か、堅苦しい挨拶は抜きにして、お入りなさい」

「お言葉に従いやして、ごめんこうむりやす」

一礼して勘蔵の寝床に膝を進めると、伊三郎は沈痛な表情でいった。

「お嬢さんのこと、清之助さんから聞きやした。心からお悔やみ申し上げやす」

「い、伊三郎さん――」

勘蔵がくぼんだ小さな目で見返した。右半身も麻痺《まひ》しているらしく、膝の上に置いた右手が小刻みに震えている。

「ご、ごらんのとおり、あっしはこんな体になっちまいやしたが、けど、まだ死ぬわけにはいかねえんですよ。お、お佳代と孫の仇を討つまでは、し、死んでも死にきれねえんで」

「ご心中、お察し申し上げやす」

「む、娘のお佳代と孫の太吉《たきち》は、あ、あっしの掛けがえのねえ宝でござんした。

そ、その掛けがえのねえ宝を、押し込み一味どもが……」

勘蔵は言葉を詰まらせた。あらためて悲しみと怒りとがこみ上げてきたのだろう。くぼんだ小さな目からぼろぼろと涙がこぼれている。

「………」

慰める言葉もなく、伊三郎は黙って頭を下げた。しばらくの沈黙のあと、勘蔵は頬の涙を手の甲で拭い、しぼり出すような声でいった。

「お、押し込み一味の頭分と、子分の一人は天罰が下って死にやしたが、まだ仲間が三人生き残っておりやす。そ、その三人を草の根分けても探し出して、娘と孫の仇を討たなきゃ、あ、あっしは死ぬわけにはいかねえんですよ」

「親分さん」

伊三郎が顔を上げた。

「およばずながら、あっしもお手伝いいたしやしょう」

「い、伊三郎さんが……？」

「こんなときにこそ一宿一飯の恩義に報いなければ、渡世の義理が立ちやせん。ぜひあっしにも手伝わせておくんなさい」

「よ、よういってくだすった。そ、その言葉があっしにとっちゃ、何よりの土産《みやげ》でござんす」

　感きわまって、勘蔵はまた涙を流した。そこへ若い男が入ってきて、敷居ぎわに控えている清之助に何事か耳打ちした。清之助はうなずいて、伊三郎のそばににじり寄り、

「伊三郎さん、大したお持てなしはできやせんが、朝食の支度がととのいやしたので、どうぞこちらへ」

　と小声でうながした。

「恐縮にござんす。お言葉に甘えて遠慮なくちょうだいいたしやす」

　勘蔵に一礼して、伊三郎は腰を上げた。

　通されたのは六畳の客間である。二年前にも伊三郎はこの部屋に泊まらせてもらった。部屋にはすでに朝食の膳部がしつらえられ、給仕係の若い者が待ち受けていた。

「ごゆるりと召し上がっておくんなさい」

　清之助が立ち去ると、すかさず給仕の若い者がどんぶりに飯を盛って差し出した。

　土地の貸元衆が流れ者の渡世人を客として迎えた場合、どんぶりに山盛りに飯

をよそって二杯出すのがこの世界のしきたりになっていた。

飯一杯では仏前の供物《くもつ》のようだと忌み嫌われたからである。しかし、どんなに腹が空いていても、山盛り二杯のどんぶり飯は、なかなか食べ切れるものではなかった。

といって、出された飯を残すのは作法にはずれる。そこで一杯目は山盛りの飯の真ん中だけを食べて穴をこしらえ、その穴に少しばかり飯を足してもらって二杯分ということにするのである。伊三郎も作法どおりに、一杯目のどんぶり飯に穴を開けて、

「二杯目をちょうだいいたしやす」

と給仕の若い者にどんぶりを差し出した。そうした作法が身についているか否《いな》かで、その渡世人の貫禄《かんろく》がわかるのである。

膳には味噌《みそ》汁と焼き魚、香の物がのっている。これも残らず食べなければならない。焼き魚は身をきれいに食べて、残った骨は半紙に包んで懐中に入れる。たとえ小骨一本でも残せば、作法を知らぬ未熟者として身内衆から軽蔑《けいべつ》される。

食事のあとには、茶と煙草《たばこ》が出る。煙草を吸うときも客人としての作法があった。身内衆がいる前では、左手を口元に添えて、吸った煙を下向きに吐き出さな

ければならない。

伊三郎は給仕の若い者に礼をいって、煙草盆の煙管《キセル》を手に取った。ふだんはめったに煙草を吸うことはないのだが、作法上、やはり出された煙草は吸わなければならないのだ。

若い者が膳を片づけ終えると、それを見計らったように清之助が入ってきた。

「ご馳走《ちそう》になりやした」

煙管を煙草盆にもどして、伊三郎は丁重に頭を下げた。

「何のお構いもできやせんで」

礼を返して、清之助は腰を下ろした。

「ご存じのように、うちは身内十人ほどの小所帯ですので、伊三郎さんに手を貸してもらえれば助かりやすよ」

「三人組を探し出す手だてはあるんですかい」

「へい」

うなずいて、清之助はふところから二つ折りにした紙を取り出して広げた。

韮山代官所の手附・真崎弥左衛門が持っていた手配書の写しだった。去年の暮れ、本立野の高札場《こうさつば》に貼り出された手配書を、身内の一人が写しとってきたのである。

「いまのところ、湯ガ島でそれらしい三人組を見かけた者はおりやせん。おそらく修善寺あたりに身をひそめて、探索の手がゆるむのを待っているんじゃねえかと」

修善寺の周辺には、月《つき》ガ瀬《せ》、吉奈《よしな》、嵯峨沢、船原《ふなばら》など、ひなびた温泉がいくつもある。そのあたりを探せば手掛かりがつかめるかもしれない、と清之助はいった。

「わかりやした。さっそくそのあたりを歩いてみやしょう」

「よろしくお頼み申しやす」

清之助が出ていくと、伊三郎は手早く手甲脚絆をつけ、長脇差を腰に差して立ち上がった。道中合羽は置いてゆき、三度笠だけを持って部屋を出た。


そのころ——。

修善寺の湯宿『あざみ屋』の一室で、長五郎は遅い朝飯を食べていた。

時刻は五ツ半(午前九時)ごろだろうか。街道筋の旅籠《はたご》屋なら、客たちはすでに宿を発ち、女中が布団を畳んだり掃除をしたりと忙しく立ち働いているころだが、湯宿の客のほとんどは長逗留の湯治客なので、朝のあわただしさはまったく感じられなかった。

　食事を終えて、長五郎が身支度をしていると、障子越しに女中の声がした。

「お膳を片付けさせていただきます」

「おう、遅くなって済まねえな」

「失礼いたします」

と入ってきたのは、紺の前掛け姿のお甲である。長五郎は脚絆を着けながら、意外そうな目でちらりとお甲を見た。湯宿の女中にしては歳も若く、器量も並以上である。

「姉さん、長いのかい？　この湯宿は」

「通い奉公をはじめて、かれこれ二年になります」

　膳の食器を片付けながら、お甲はにこりともせずに応えた。

「つかぬことを訊くが、この宿に宇之吉って男は泊まっていねえかい？」

「さあ、そういう名のお客さんは……」

「ひょっとしたら、別の名を騙《かた》ってるかもしれねえ。歳は三十二、三。色が浅黒くてちょっと苦み走ったいい男だが、心当たりはねえかい」

「あいにくですが――」

お甲はかぶりを振った。まったくの無表情である。

「そうかい。忙しいところ邪魔しちまったな」

「失礼いたします」

一礼すると、お甲は膳を持ってそそくさと出て行った。

手早く身支度を済ませて、長五郎は宿を出た。

宇之吉が義母のお藤を殺し、所持金を奪って逃走したのは昨日の朝である。場所は三島宿のはずれの柿沢川の水車小屋。その水車小屋から修善寺まではおよそ五里（約二十キロ）の行程なので、昨夜は修善寺に泊まった可能性が強い。

そう思って、長五郎は温宿を一軒一軒聞き込みに歩いてみることにした。

杉林の道を抜けて桂川の河畔の道に出たところで、長五郎はふと足を止めて一方に目をやった。なだらかな坂道をゆったりとした足取りで下りてくる五人の男の姿があった。湯ガ島に探索に出向いていた半兵衛一家の留次郎と四人の子分たちである。とっさに長五郎は道のわきの杉の古木の陰に身をひそめ、一行をやり過ごすことにした。

と、そのとき、長五郎の目のすみに不審な人影がよぎった。菅笠をかぶり、背中に小さな荷を背負った行商人ふうの男である。

桂川沿いの道を北のほうからやってきたその男は、留次郎たちの姿を見て、あわてて雑木林の中に飛び込んでいった。明らかにわけありの様子である。

だが、留次郎たちはまったく気づいていない。湯ガ島での探索が不首尾に終わったのだろう。五人ともむっつり押し黙ったまま、疲れた足取りで通り過ぎていった。

五人をやり過ごすと、長五郎はすかさず身をひるがえして、男が姿を消した雑木林に走り込んだ。林の奥は雑草の生い茂ったゆるやかな斜面になっている。

素早くあたりを見廻したが、男の姿は見当たらなかった。

長五郎は足元に目をやった。地面に男の歩いた痕跡が残っていた。踏みしだかれた下草がその方向を示している。それを追って、長五郎は雑木林の奥へ歩を進めた。

4

歩を進めるたびに、樹林は深くなってゆく。

繁茂《はんも》した木々の葉が陽差しを遮《さえぎ》り、ひんやりと山の冷気がただよっている。

（ちっ、どこに行っちまったんだ）

長五郎は苦々しく四方を見渡した。

周囲は鬱蒼《うっそう》たる原生林である。地面には熊笹《くまざさ》や蔦蔓《つたかずら》が密生しており、男の歩いた痕跡を探すのはもはや至難のわざ、というよりほとんど不可能だった。

追尾《ついび》をあきらめて、長五郎は踵《きびす》を返した。が、すぐに足を止めて、ふたたび四囲を見廻した。数百年の樹齢を重ねた巨木の群れが視界を閉ざし、身の丈ほどに生い茂った雑草や灌木《かんぼく》が行く手をはばんでいる。長五郎は茫然《ぼうぜん》と立ちすくんだ。深入りしすぎて、もどる方角を見失ったのである。

（まいったな）

肚《はら》の中でつぶやきながら、長五郎は勘を頼りに歩き出した。

蔦蔓や灌木の茂みをかき分けて歩くことおよそ半刻、ようやく視界が開け、前方に緑の毛氈《もうせん》をしきつめたような草原が見えた。草原のはるか彼方には、険阻《けんそ》な山並みが重畳《ちょうじょう》とつらなっている。その場所がどこなのか、皆目見当もつかなかったが、とにもかくにも原生林を脱出できたことに長五郎は安堵《あんど》した。

草原のゆるやかな起伏を上り下りしながら、さらに四半刻《しはんとき》（三十分）ほど歩くと、前方に細い道が見えた。道は草原を横切り、山裾の雑木林につづいている。修善寺の村々をつなぐ間道にちがいない。そう思って足を速めたとき、突然、雑木林の中から怒号がわきたった。

長五郎は思わず膝を折って草の中に身を伏した。

雑木林の中から、数人の男が入り乱れて飛び出してきた。人足ふうの五人の荒くれが、手に手に斧《おの》や手鉤《てかぎ》、匕首《あいくち》、棍棒《こんぼう》などの得物《えもの》を持って二人の男に襲いかかっている。

一人は塗笠《ぬりがさ》をかぶり、ぶっさき羽織に野袴《のばかま》といういでたちの武士。もう一人は菅の一文字笠をかぶった小者《こもの》ふうの身なりの男である。

血に飢えた狼のように、五人の荒くれの襲撃は凶暴で執拗だった。

四方からの波状攻撃に二人の男は防戦一方である。小者ふうの男は手傷を負っているらしく、肩のあたりを押さえながら必死に逃げまどっている。

長五郎の胸にむらむらと闘争本能がこみ上げてきた。喧嘩と見ると黙っていられないのが、この男の性分なのだ。やおら立ち上がると、道中差しを引き抜いて一気に草原を駆け下りていった。荒くれの一人が気づいて怒声を発した。

「な、なんだ、てめえは！」

「時の氏神《うじがみ》ってやつよ」

「なに！」

「多勢に無勢の喧嘩、おいらが買ってやる！」

叫ぶやいなや、一人の右腕をずばっと斬り捨てた。まるで大根を切り落とすような無造作な一刀だった。どう見てもこれは道場で学んだ剣法ではない。天性身についた喧嘩殺法であろう。男は悲鳴を上げて地面に転がった。それを見て残る四人が気色《けしき》ばんだ。

「野郎！」

地を蹴って躍《おど》りかかってきたのは、斧を持った大男である。長五郎はとっさに横に跳んだ。うなりを上げて振り下ろされた斧が、空を切ってぐさっと地面に突き刺さった。あわてて引き抜こうとする大男の首筋に、長五郎の道中差しが飛んだ。

「ぐえッ」

奇声を発して、大男は前のめりに崩れ落ちた。首の血管《ちくだ》が切り裂かれ、泉水のように血が噴き出している。その間に野袴の武士が一人を斬り伏せていた。

「ち、ちくしょう！」

逆上した二人が、ほとんど同時に長五郎に襲いかかってきた。一人は手鉤、もう一人は匕首を振りかざしている。横殴りに飛んできた手鉤を反射的に道中差しではね上げたが、さすがに背後から斬りかかってきたもう一人の匕首はかわし切れなかった。

切っ先が長五郎の右の二の腕をかすめた。着物が裂けて糸を引くように鮮血がほとばしった。その血を見て、長五郎の闘争心にさらに火がついた。

「てめえ、やりやがったな！」

振り向きざま、拝み打ちに道中差しを叩きつけた。男の頭蓋《ずがい》が砕けた。凄《すさ》まじい血潮と白い脳漿《のうしょう》が飛び散る。素早く体を反転させると、長五郎は手鉤の男の脾腹《ひばら》を横に払った。ざくっと鈍い音がして、男の腹が割れた。

一瞬、男は信じられぬ顔でおのれの腹を見た。裂け目から白いはらわたが飛び出している。それを両手で抱えるようにして、男は仰向けに転倒した。

長五郎は道中差しを鞘に納めて、二人の男に向き直った。

「助勢、かたじけない」

武士が塗笠をはずして、頭を下げた。三十二、三の目元の涼しげな端整な面立《おもだ》ちの侍である。かたわらに小者ふうの男が肩で荒い息をつきながら立っている。

「わたしは韮山代官所の山方の手代・杉江久馬と申す者。そこもとは？」

「駿州清水の長五郎と申しやす。この男たちは何者なんですかい？」

「『常磐屋』の木宿の人足どもであろう」

「何か悪さでも働いたんですかい？」

「天城炭の横流しだ」

久馬は首をめぐらして、雑木林のほうに視線を向けた。道の真ん中に炭俵《すみだわら》を満載にした荷車が止まっている。どうやら五人の人足は横流しの炭を修善寺に運ぶ途中、巡察中の久馬に見咎められて逆襲に出たらしい。

「腕の怪我《けが》は大丈夫か」

久馬が心配そうに長五郎の右腕をのぞき込んだ。着物の袖《そで》の二の腕あたりが裂けて、血がにじんでいる。

「なに、大した傷じゃありやせんよ。それよりお連れさんは大丈夫ですかい」

「痛むか、市兵衛《いちべえ》」

久馬が声をかけると、市兵衛と呼ばれた男は菅の一文字笠の下で白い歯を見せた。

「いえ、ご心配にはおよびません」

「二人とも傷の手当てをしておいたほうがよいだろう。長五郎どの、わたしの実家に立ち寄って行かぬか」

「実家？」

「すぐこの近くだ。さ、まいろう」

長五郎をうながして、久馬は大股に歩き出した。

雑木林を抜けると、視界一面に輝くような緑の田畑が広がり、その奥に十数軒の人家が点在していた。本立野の定助郷村《じょうすけごうむら》・上《かみ》修善寺村である。

久馬に案内されたのは、村の中心にある土塀《どべい》をめぐらした大きな百姓家だった。杉江家はこの村で代々名主をつとめており、現在は次男の久次郎《きゅうじろう》が家督《かとく》をついで、妹のお弓《ゆみ》と二人暮らしをしていた。

ちなみに代官所の「手附」は幕府の勘定奉行に任命された譜代席のれっきとした幕臣だが、「手代」は支配地の農民の子弟の中から採用された一代抱えの軽輩《けいはい》で、史書には、

「純然たる幕臣に非《あら》ず、また代官の家臣にも非ず、代官に附従して勤務するものにて、准《じゅん》幕臣ともいふべきものなり」

とあり、手附とは明確に身分を異にしていた。現代ふうにいえば現地採用の臨

時公務員といったところであろう。

杉江久馬が韮山代官所の手代に採用されたのは、いまから十年前の二十二歳のときだった。名主をつとめていた父親の補佐役として働いていたところ、代官所の元締めにその勤務ぶりが認められて採用されたのである。採用に当たっては、幕府勘定奉行から次のような厳しい掟書《おきてがき》が令達された。

手代共　掟書

一、常々綿服のみ、着用いたすべき事。

一、夏冬袴、木綿、薄袴《うすばかま》にしても粗末《そまつ》之品これを用ふべし。

一、道具類、金銀之品は用ふべからず。腰物拵《こしらえ》等の儀は、利方を第一にいたし、華美に致間敷《いたすまじきそうろう》候。

一、音信《おんしん》贈答、堅《かた》く無用之事。

一、百姓並び郷宿《ごうやど》等より、音物《いんもつ》一切受納致間敷候。

一、頼事《たのみごと》等は勿論、無心等決して致間敷候。

右之趣《おもむき》手代共へ、急度《きっと》申渡さるべく候。

久馬は、いまもその掟書を肌身離さず持ち歩き、かたくなに手代心得を守っている。役所の朋輩《ほうばい》たちから、融通の利かぬ〝石部金吉《いしべきんきち》〟と揶揄《やゆ》されるゆえんである。

「弓……、弓はいるか」

土間に立って、久馬が大声で呼ぶと、奥から若い女が飛び出してきた。歳のころは二十一、二。色白の愛くるしい顔をした女——久馬の妹・お弓である。

「兄上、どうなさったのですか」

久馬の背後に立っている市兵衛と長五郎を見て、お弓はけげんそうに訊いた。

「炭の横流し一味と争いになってな。二人が怪我をした。傷の手当てをしてやってくれぬか」

「は、はい」

お弓は急いで奥にとって返した。

「長五郎どの、遠慮せずにお上がりくだされ」

「へい。ではお言葉に甘えやして」

草鞋を脱いで、長五郎は板間に上がった。二十畳はあろうかという広い板間である。部屋の中央に大きな囲炉裏が切ってある。天井は高く、煤《すす》で黒光りした太い梁《はり》や、丹念に磨き込まれた欅《けやき》の柱、分厚い檜《ひのき》の遣戸《やりど》などが旧家の風格をただよわせている。

　お弓が薬箱と手桶《ておけ》を持ってもどってきた。

「手前はあとで結構でございます。長五郎どの、お先にどうぞ」

　市兵衛にうながされて、長五郎はおずおずとお弓の前に膝を進め、神妙な面持ちで頭を下げた。

「お初にお目にかかりやす。駿州清水の長五郎と申しやす」

「弓と申します」

「長五郎どのの助勢のおかげで、わたしたちは命びろいしたのだ」

　久馬がいった。

「そうですか。兄に代わって、わたくしからもお礼を申し上げます」

「いえ、いえ、礼をいわれるほどのことじゃ――」

　長五郎は照れるように頭をかいた。

「着物を脱いでいただけますか」

「へ、へい」

　ためらいながら長五郎は着物の右袖を抜いて片肌脱ぎになった。

「まァ、ひどい怪我……」

　お弓が思わず眉をひそめた。右の二の腕に長さ五寸（約十五センチ）、深さ一寸（約三センチ）ほどの傷があり、まわりにべっとりと血がにじんでいる。お弓は手桶の湯で絞った手拭いで傷口の血を拭きはじめた。久馬がぶっさき羽織を脱ぎながら、長五郎に問いかけた。

「長五郎どのは、どこへ行かれるつもりだったのだ？」

「別にどこって当てはねえんですがね。義理の母親を殺した下手人を探してるんで」

　長五郎が事情を説明すると、久馬は険しい表情で、

「人殺しの下手人となると、代官所としても放ってはおけぬ。その男の名や人相風体を聞いておこうか」

「名は宇之吉。歳は三十四、五で背は高からず低からず。色の浅黒い、ちょいと苦み走ったいい男です」

　うなずいて、久馬はお弓に目を向けた。

「弓、久次郎はどうした？」

「差し立ての御用で本立野の立場へ行きました。日暮れ前にはもどってくると思

います」

「そうか。久次郎なら何か心当たりがあるかもしれんな。長五郎どの、弟がもどってくるまでここで待ってみたらどうだ」

「へえ」

「その男の行方については、わたしも心掛けておこう」

「よろしくお願いいたしやす」

「さ、終わりましたよ。血止めの薬を塗っておきましたので、二日もすれば傷口がふさがると思います」

傷口に真新しい晒《さらし》を巻いて、お弓が微笑を浮かべた。

「ご親切にありがとうございやした」

長五郎は両手を突いて深々と低頭した。

5

伊豆最大の河川・狩野川は修善寺の上流でいくつもの支流に分かれている。吉奈《よしな》川もその一つである。山間《やまあい》を縫うように流れる吉奈川の清流を左に見ながら、西へ十丁ほど行ったところに、ひなびた温泉場があった。一見百姓家のような小さな湯宿が七、八軒、樹林の中にひっそりと建っている。

子供欲しけりゃ　吉奈へおいで
お湯の力で子ができる

と俗謡に唄われている吉奈温泉である。奈良時代の神亀《しんき》元年（七二四）、行基《ぎようき》上人《しようにん》が勅命《ちよくめい》を奉じて諸国巡回の折りに発見したといわれる温泉で、昔から子宝の湯として知られ、徳川家康《とくがわいえやす》の側室・お万《まん》の方《かた》もここに入湯して、紀州頼宣《よりのぶ》公、水戸《みと》頼房《よりふさ》公を産んだと伝えられている。

温泉場からやや離れた山の中に、由緒《ゆいしよ》ありげな古刹《こさつ》が建っていた。行基上人が建立《こんりゆう》したという『善名寺《ぜんみようじ》』である。深い木立に囲まれた境内《けいだい》には参詣人の姿もなく、森閑と静まり返っている。ふいに山門の屋根に止まっていた二羽の山鳥が、ばたばたと羽音を立てて飛び去っていった。

杉並木の参道を男が足早にやってくる。菅笠を目深《まぶか》にかぶり、背中に小さな荷を背負った行商人ふうの男——先刻、長五郎が追尾していた挙動の不審な男である。

男が本堂の前に歩を進めると、突然、

「待ってたぜ、与市」

低い声がして、石灯籠《いしどうろう》の陰からうっそりと男が姿を現した。この男も菅笠をかぶり、肩に振り分けの小行李を掛け、垢《あか》まみれの手甲脚絆をつけている。

「源助さん、おひさしぶりでござんす」

与市と呼ばれた男は、菅笠をかぶったまま頭を下げた。

「ここにくる途中、誰かに見咎められやしなかったか？」

「大仁の半兵衛一家の身内があっちこっちで目を光らせていたんで、抜け道を通ってきやしたよ。ゆうべは修善寺の木賃宿に泊まりやした」

「おれもここへくるまで知らなかったんだが、弥平が怪我をして代官所に捕まったらしいぜ」

「弥平さんが！」

「もっとも、すぐに死んだそうだがな。あいつがおれたちのことを吐いたに違いねえ。手配書が下田街道に出廻ってるようだ」

「道理で……」

街道筋の警戒が厳しいのはそのせいかと、与市は暗然とうなずいた。いうまでもなく、この二人は下田の廻船問屋『興津屋』に押し入った盗賊一味である。やや背の高い男が与市、もう一人が源助である。

「松兄いはまだ着きやせんか」

気を取り直して、与市が訊いた。松兄いとは手配書の筆頭に記されている男で、三人の中で一番年長の松蔵のことである。

「ゆうべ月ガ瀬の湯宿で会った。山の兆《しるし》が見えるのはあと四、五日だろうと、そういってたぜ」

「四、五日ですかい」

「それまで別々に動いたほうがいい。おれはしばらく吉奈温泉の湯宿に泊まることにする。ここは子宝の湯だからな。客のほとんどは女だ。探索の手もおよばねえだろう。おめえは船原温泉に泊まったらどうだ？」

「へい」

「松兄いからこれを預かってきた」

源助はふところから小判を五枚取り出して、与市の手ににぎらせた。

「こんな大金を……、いいんですかい？」

「どこで稼いできたか知らねえが、えらく羽振りがよさそうだったぜ。遠慮なくとっておけ」

「ありがとうございやす。……で、今後の連絡《つなぎ》はどうしやす？」

「五日後の朝に天城の浄蓮《じょうれん》の滝で会おう」

そういい残して、源助は小走りに去っていった。

善名寺の境内で源助と別れたあと、与市は船原温泉に向かった。

船原温泉は、吉奈川の北を流れる船原川の川沿いにある。船原川も狩野川の支流の一つで、川沿い一帯の山や野原には、猪《いのしし》や熊、鹿、兎《うさぎ》などが多く生息し、その昔、源頼朝がしばしば狩りを行ったという。

船原温泉に十数軒ある湯宿の客の大半は、山で働く杣人《そまびと》や猟師、炭焼き職人、荷運びの強力《ごうりき》、霊場めぐりの修験者《しゅげんじゃ》などで、女客の多い吉奈温泉とは対照的に、どこか男臭く、殺伐《さつばつ》とした雰囲気がただよっていた。

陽が西の山の端《は》に傾き、樹木や湯宿の建物が地面に長い影を落としている。

与市は温泉場の入り口にある小さな居酒屋に足を踏み入れた。

居酒屋といっても、戸口に『酒・めし・天城名物猪鍋《ししなべ》』と記された幟《のぼり》が立っているだけで、外観は百姓家と変わらない。中は四坪ほどの土間になっており、杉板で造られた無骨な卓が四つと、腰掛け代わりの空き樽《だる》が置いてあった。奥の卓では地元の猟師らしき男が四人、声高にしゃべりながら酒を酌み交わしている。

与市は菅笠をはずして、戸口近くの卓に腰を下ろした。ふところには松蔵からもらった五両の金がある。ひさしぶりにたらふく食ってやろうと、店の亭主に燗《かん》酒《ざけ》三本と猪鍋、山女《やまめ》の塩焼き、芋《いも》の煮物、山菜のてんぷらを注文した。

「あと五日か……」

運ばれてきた燗酒を猪口《ちょこ》に注いで、なめるように呑みながら、与市は遠くを見るような目つきでつぶやいた。五日後には天城山中に埋めた千両の金が手に入るのだ。頭の武吉が死んだあと、その千両は四人で山分けすることになっていたのだが、仲間の一人・弥平が死んでくれたおかげで、与市の取り分も増えることになった。

おそらく松蔵の取り分が四百両、源助が三百五十両、残りの二百五十両が与市の取り分になるだろう。与市はそう皮算用していた。

そもそも、頭の武吉から〝仕事〟の話を持ちかけられたときの条件は、奪った金の六割を武吉が取り、残りの四割を四人で分けるという話になっていた。当初は誰もその条件に不満を示さなかったが、千両の金が手に入ったとたん、

「あれだけの大仕事をさせておいて、ひとり頭百両ってのは少なすぎやしやせんか」

四人の中で最年長の松蔵が、頭の武吉に不平をいい出したのである。

「欲を出しやがったな、松蔵」

武吉が凄い形相《ぎょうそう》でにらみ返した。二人の間に一触即発の険悪な空気が張り詰めた。

「せめて百五十はもらわねえと、間尺《ましゃく》に合いやせんぜ」

「おめえたちは、どうなんだ？　百両じゃ不足だというのか」

武吉がほかの三人に目を向けた。気まずそうに三人は目を伏せた。

そのときである。突然、ザーッと音を立てて雨が降ってきた。叩きつけるような豪雨である。樹木が激しくざわめき、風も強まってきた。

「内輪揉《うちわも》めしてる場合じゃねえぜ」

武吉がわめいた。

「金の配分はあとで考える。とにかく山を下りるのが先決だ」

四人をうながして、武吉は走り出した。烈風が吹き荒れ、横なぐりの雨が五人の行く手をはばんだ。あちこちの岩肌から滝のように雨水が流れ落ち、山の斜面を巨大な岩石が轟音《ごうおん》をひびかせて転がり落ちてゆく。どこかで山崩れでも起きたのか、不気味な地鳴りの音も聞こえてくる。

「だ、だめだ。もうこれ以上、歩けねえ！」

悲鳴を上げたのは、千両箱を運んでいる弥平と与市だった。

武吉は足を止めて、四辺を見廻した。左手は山の斜面、右は切り立った崖《がけ》が闇の底に落ち込んでいる。武吉の目が崖ぎわに立っている老木に留まった。

「仕方がねえ。金はここに埋めて行こうぜ」

武吉がいった。五人は枝を拾って、木の根方の土を掘りはじめた。

風雨はますます激しくなり、掘った穴にたちまち水が溜まった。その水を二人が手でかき出し、ほかの三人が穴を掘りつづける。五人とも頭から泥水をかぶり、まるでドブ鼠《ねずみ》のような姿である。四半刻ほどして、ようやく四尺（約一メートル二十センチ）ほどの穴が掘り上がった。その穴に千両箱を埋めてふたたび土をかぶせる。

「よし、これでいい」

顔の泥を手で拭いながら、

「来年の春に取りにこよう。そのころにはほとぼりも冷めてるだろうよ。さ、行くぜ」

とうながす武吉に、松蔵が不敵な笑みを投げかけた。

「かしらとは、ここでお別れだ。もう二度と会うことはねえでしょう」

「そいつァどういう意味だ？　松蔵」

武吉がぎらりと見返した。

「こういう意味よ」

いいざま、持っていた枝で武吉の肩をしたたかに打ち据《す》えた。ふいを衝かれてよろめく武吉に、「死にやがれ！」とわめきながら、松蔵は思い切り体当たりを食らわせた。武吉の体がぐらりと揺れて、前のめりに崖下に転落していった。

「わーッ」

悲鳴が尾を引きながら、崖下の闇に消えていった。

「ま、松兄い！」

源助が驚声を発した。弥平と与市も仰天して棒立ちになっている。

「これでおれたちの取り分も増えたってわけだ。来年の三月なかばごろ、修善寺あたりで落ち合おうぜ」

松蔵は冷然とそういって身をひるがえし、闇の奥に走り去った。源助と弥平、与市もあわててそのあとを追う。

猛《たけ》り狂ったように風雨が吹き荒れる。

漆黒《しっこく》の闇に青白い光が走った。稲妻である。巨岩が山の斜面を転がり、轟音とともに崖が崩れ落ち、樹木がすさまじい音を立てて倒れる。沢や渓《たに》には濁流が逆巻いている。

与市は闇の中を無我夢中で走った。気がつくと三人とは離れ離れになっていた。仲間の安否を気づかう余裕はなかった。荒れ狂う天城の山中を一晩じゅう走り廻った。

明け方になって吹き荒れていた風も雨も、やや小やみになった。

上空の分厚い黒雲が急速に流れ、東の空がほんのり明るんできた。

濁流が逆巻く沢づたいを一刻（二時間）も歩くと、前方に水びたしの田畑が見えた。狩野川が氾濫《はんらん》したのだろう。まるで広大な湖だった。

山裾の台地にぽつんと野小屋が建っていた。与市はその小屋の中で水が引くのを待つことにした。疲労は極限に達していた。藁束《わらたば》の上に体を横たえたとたん、雷のようないびきをかいて死んだように眠りこけた。

どれほど眠っただろうか。羽目板の隙間から差し込む強烈な光で目が醒めた。むっくり起き上がって小屋を出ると、昨夜の嵐が嘘のように空は青々と晴れ渡り、まばゆいばかりの陽光が降りそそいでいた。田畑をおおいつくしていた茶褐色の水もかなり引いて、あちこちに網の目のように畦道《あぜみち》が浮き出ている。疲れた体に笞《むち》打って、与市はぬかるんだ畦道を北に向かって歩を進めた。狩野川の流域のいたるところで、百姓たちが田畑に押し流されてきた石塊《いしくれ》を拾い集めていた。

東海道の三島宿に着いたのは、夜の五ツ（午後八時）ごろだった。

その夜は三島宿の東はずれの木賃宿に泊まり、翌朝、沼津宿に向かって旅立った。沼津は与市が生まれ育った郷里である。父親は沼津で漁師をしていたが、与市が十歳のとき漁に出たまま帰らぬ人となった。大時化《おおしけ》にあって船もろとも海の底に沈んだのである。

以来、母親が干物《ひもの》の行商などをしながら、一人息子の与市を女手ひとつで育ててきた。だが、その母親も五年後に仕事の無理がたたってこの世を去った。

天涯孤独となった与市は、商家の下働きや日雇いの力仕事などを転々としながら各地を流浪した末、二年前に相州小田原《おだわら》城下で盗《ぬす》っ人《と》のかしら・武吉と出会って一味に加わったのである。

八年ぶりに生まれ故郷の沼津にもどった与市は、宿場の問屋場《といやば》に住み込みで働きながら一冬を過ごし、つい三日前に沼津を発って天城にやってきたのである。

「あと五日か……」

燗酒をあおりながら、与市はまた同じ言葉をつぶやいた。五日後には天城の山中に埋めた金が手に入る。その金を持って江戸に出、盗っ人稼業から足を洗って小商いでもはじめようかと、与市は思っていた。

第三章　追尾《ついび》

1

西の空が血を刷《は》いたように真っ赤に染まっている。

ねぐらに帰る数羽の鴉《からす》が、けたたましい鳴き声をあげながら上空を飛んで行く。

伊三郎は狩野川の河畔《かはん》の道を北に向かって歩いていた。今朝五ツ（午前八時）ごろ、湯ガ島の勘蔵の家を出たあと、市山《いちやま》村や門野原《かどのはら》村、嵯峨沢などを、ほとんど休みなしでめぐり歩き、さらに月ガ瀬まで足を延ばそうとしていたのである。

（三日が勝負だ）

伊三郎はそう思っていた。

三日以内に三人組の一人だけでも捕まえて勘蔵一家への義理を果たし、心おきなく天城を離れたかった。そのためには時間と労力を惜しんではいられないのだ。

ほどなく前方の夕闇の中に、淡く揺らめく明かりが見えた。

月ガ瀬の湯宿の明かりである。

狩野川の河畔に位置する月ガ瀬温泉は、その名のとおり、狩野川の瀬に映し出される月光の美しさが評判の温泉場で、昔から観月の名所として知られていた。客の大半は近郷近在の富農や三島の豪商などで、どの宿も毎晩のように賑わっていた。

雑木の疎林《そりん》の中に七、八軒の湯宿がひっそり軒《のき》をつらねている。いずれも粋《すい》を凝らした切り妻造りの宿で、家屋の一部が川の瀬に張り出しており、さながら水上の楼閣《ろうかく》のような趣《おもむき》を呈していた。

この温泉場には街道筋の旅籠《はたご》屋のように飯盛女《めしもりおんな》を抱えている宿はないが、近くの農家から働きに出てきた女中たちが、酌女をかねて客の接待に当たっているという。

温泉場の入り口にさしかかったとき、三度笠《さんどがさ》の下の伊三郎の目が鋭く動いた。とある湯宿の前にやくざふうの男が三人、たむろしている。半兵衛一家の留次郎たちだった。

伊三郎はとっさに物陰に飛び込んで三人の様子をうかがった。

「若頭！」

前方から、別の男が走り寄ってきた。留次郎が振り向いて、

「おう、駒吉《こまきち》。何かわかったか」

「へい。『如月屋《きさらぎや》』にきのうの晩から、えらく羽振りのいい野郎が泊まってるそうで」

「羽振りがいい？　どんな野郎だ」

「宇之吉って名乗ってるそうですが、人相は手配書の松蔵にそっくりだそうです」

「そうか。……よし、そいつの面改《めんあらた》めをしてやろうじゃねえか」

留次郎は三人の男をうながして背を返した。物陰に身をひそめて、そのやりとりを聞いていた伊三郎の目がきらりと光った。

——宇之吉？

長五郎が探している男の名である。

（宇之吉が三人組の一人・松蔵だったか）

一瞬、まさかと思ったが、半兵衛一家の子分が手配書の人相にそっくりだというのだから、間違いないだろう。それに宇之吉は長五郎の義母・お藤を殺して大金を奪っている。羽振りがいいというのもうなずける。

伊三郎はひらりと背を返して、雑木林の中へ走り去った。

『如月屋』は、温泉場の東はずれにある二階建ての大きな湯宿である。突然踏み込んできた留次郎たちに、湯宿の番頭は仰天して、

「な、何事でございますか」

と目を白黒させた。

「半兵衛一家の身内だ。この宿に宇之吉って男が泊まってるそうだが、間違いねえか」

「は、はい。そのお客さんが何か？」

「お手配中のお尋ね者よ」

「えっ！」

番頭は瞠目《どうもく》した。

「そいつの部屋はどこだい？」

「い、一階の廊下の、突き当たりの部屋でございます」

「おい！」

あごをしゃくって三人の子分をうながすと、留次郎は雪駄《せった》を脱いで廊下に上がり込み、ずかずかと足を踏み鳴らして奥の部屋に向かった。

夕食の膳を運んでいた女中たちが、驚いて左右に跳びすさった。浴衣《ゆかた》姿の客たちが何事かと足を止めた。留次郎は棒立ちになっている客たちをかき分けるようにして廊下の奥に突き進み、突き当たりの部屋の襖《ふすま》をがらりと引き開けた。その瞬間、

「あっ」

と息を呑んで立ちすくんだ。部屋の中はもぬけの殻《から》である。いち早く気配を察知して逃げたらしく、裏窓の障子が開け放たれたままになっていた。

脱ぎ散らかされた浴衣と一蓋《いちがい》の菅笠《すげがさ》、そして振り分けの小行李《こごうり》が部屋の中に置き去りにされている。

「ちくしょう。勘づきやがったな。まだ遠くへは行っちゃいめえ。野郎を探すんだ！」

わめきながら留次郎は部屋を飛び出した。

そのとき、宇之吉、いや、松蔵は『如月屋』の裏手の雑木林の中を一目散に走っていた。夕食前に湯を浴びようと部屋を出たところ、土間のほうから留次郎の野太い声が聞こえてきたので、あわてて部屋にもどって身支度をととのえ、財布と道中差しだけを持って裏窓から逃走したのである。まさに間一髪だった。

「あぶねえ、あぶねえ」

首をすくめながら、松蔵は雑木林を駆け抜けた。

昨年の九月、風雨が吹き荒れる天城の山中で、仲間の源助や与市と離れ離れになったあと、松蔵は命からがら天城の山を下りて、下田街道から三島宿に出、三島宿からさらに東海道を西をさして逃亡の旅をつづけた。

その旅の途次、ふらりと立ち寄ったのが駿州の清水だった。

巴川《ともえ》の下流に位置する港町・清水は、逃れ者《よそもの》の松蔵が身を隠すには打ってつけの場所だった。何よりも町の人々は他所者に対して無関心だし、酒、博奕《ばくち》、女と遊ぶところにも事欠かなかったからである。

清水の町には、徳川家康から独占営業の特権を与えられた廻船問屋が四十二軒あった。いずれも大坂夏の陣のときに、徳川方の兵員や食糧を多数の船で大坂に運び、徳川方の勝利に大きく貢献した船主たちであった。家康はその功労に報いるために四十二軒の問屋に特権を与えた上、軍事上の強化を図る目的で沿岸の警備や海難事故の処理など、幕府の任務の一端をも請け負わせたのである。

こうして元和《げんな》元年（一六一五）以来、破格の独占権を与えられた四十二軒の廻船問屋は二百数十年にわたって我が世の春を謳歌《おうか》し、彼らの財力に支えられた清水の町も、海運の拠点として繁栄の一途をたどってきたのである。

清水に立ち寄ったその晩、松蔵が真っ先に足を向けたのは、荷揚げ人足相手の賭場《とば》であった。手持ちのわずかな金を博奕で増やそうと考えたのである。そして、その思惑はずばり的中した。一年に一度あるかないかの〝馬鹿ヅキ〟に恵まれ、気がつくと一朱足らずの持ち金が、五両もの大金になっていた。

その金を持って松蔵はさっそくの町の盛り場にくり出し、とある小料理屋に足を踏み入れた。小粋な数寄屋《すきや》造りの店で、近隣の商家の旦那衆とおぼしき数人の客が、物静かに酒を呑んでいた。店に入った瞬間、松蔵の目がふと一隅の席に留まった。

婀娜《あだ》っぽい年増女が一人で酒を呑んでいる。松蔵はためらいもなく女の席に歩

み寄り、

「相席してもよろしいですか」

と声をかけた。女は気《け》だるそうに顔を上げた。かなり酒が入っているらしく、頬が桜色に染まり、切れ長な目がトロンとうるんでいる。松蔵の顔を見て女はふっと笑みを浮かべてうなずいた。無言の了解だった。松蔵は小女に酒を注文して女の前に腰を下ろし、

「手前は宇之吉と申します」

と臆面もなく変名を名乗った。女は好奇の目で見返した。

「清水の人？」

「いえ、商用で藤枝から清水にやってまいりました」

「道理でここらへんの男とは違うと思いましたよ。わたしはお藤、美濃輪の『甲田屋』って米屋の女房です」

蓮《はす》っ葉《ぱ》な口調で、女はそういった。この女が長五郎の義理の母親・お藤だったのだ。

「ほう、米屋のお内儀《かみ》さんですか」

「といっても、後家ですけどね」

亭主の次郎八は、一カ月ほど前に心ノ臓の発作で急死し、家業の米屋は養子の長五郎が跡をついで切り盛りしている。いわばお藤は三十一歳の若さで楽隠居になったようなものだった。それをよいことに、店から小金を持ち出しては放埓《ほうらつざん》三昧《まい》の日々を送っていたのである。

「宇之吉さんは、独《ひと》り者?」

お藤は媚《こ》びるような目つきで、松蔵の顔をしげしげと見た。

「はい。仕事が忙しくて女房を持つ余裕《ゆとり》がなかったんで」

「もったいないねえ。こんないい男をほっとくなんて。……清水にはいつまで?」

「来年の三月ごろまで留《とど》まろうかと思っております」

「そう」

うなずきながら、お藤はたおやかな手つきで松蔵の猪口《ちょこ》に酒を注《つ》いだ。

「住まいはどこ?」

「いまは旅籠に泊まっておりますが、いずれ長屋でも借りて腰を落ちつけようかと」

「なんなら、わたしが探してあげようか」

「お内儀さんが？」

「こう見えても、わたし、顔が利くんですよ、この界隈《かいわい》では」

「じゃ、ご厚意に甘えてお願いしましょうかね」

「ねえ、宇之吉さん」

ちらりと店の中を見廻して、お藤がささやくようにいった。

「どこか静かな場所で呑み直しませんか」

静かな場所といえば、出逢い茶屋か船宿の貸席と相場が決まっている。

（ふふふ、今夜はとことんツキまくってるぜ）

松蔵は内心ほくそ笑みながら、お藤にうながされるまま小料理屋を出た。

案の定、お藤に案内されたのは巴川の船宿だった。

その晩、二人が男女の契《ちぎ》りを交わしたことはいうを俟《ま》たない。

翌日の昼ごろ、松蔵が泊まっている旅籠に、お藤がたずねてきた。美濃輪町の近くに小さな貸家を見つけ、一カ月分の家賃を先払いして借り受けてきたという。さっそくその貸家に行ってみると、暮らしに必要な最低限の家具調度もそろっていた。

その日以来、お藤は毎晩のように貸家に通いつめ、松蔵との愛欲にふけるよう

になったのである。そして今年の二月末、

「ねえ、宇之さん」

松蔵に抱かれたあと、お藤は甘えるように鼻を鳴らしてこういった。

「宇之さんが清水を出るときは、わたしも一緒に連れてってておくれな」

「駆け落ちってわけかい」

「この若さでいつまでも後家暮らしなんかしたくないんだよ。それに生《な》さぬ仲の息子とも折り合いが悪いし」

松蔵は布団に腹這《はらば》いになったまま、黙って煙管《キセル》をくゆらしている。

「いっそのこと家を飛び出しちまおうかと思ってねえ。宇之さんは迷惑かい？」

「迷惑じゃねえが――」

と言葉を濁す松蔵に、お藤は狂おしげに体をすり寄せて、

「お金のことなら心配いらないよ。そうと決まったら、ありったけのお金を持って家を出るつもりだから」

とたんに松蔵の目がぎらりと光った。

「金さえありゃ贅沢《ぜいたく》な旅ができる。おめえと二人でのんびり物見遊山《ものみゆさん》の道行きってのも悪くはねえな」

「じゃ、連れてってくれるんだね」

「ああ」

「うれしい！」

子供のように無邪気な笑みを浮かべて、お藤は松蔵の首にすがりついた。

(行きがけの駄賃だ)

お藤の口を吸いながら、松蔵は胸の中でそうつぶやいていた。

その十日後に、お藤は三島宿のはずれの柿沢川の水車小屋の中で、松蔵に殺されたのである。もちろん、松蔵のねらいはお藤が所持していた三十両の金だった。

2

雑木の疎林を一気に駆け抜けて、狩野川の河畔の道に出た。

すでに陽が落ちて、東の空に白い月が浮かんでいる。満月である。

ほの白い月明かりを受けて、狩野川の瀬に銀色のさざ波が立っている。

松蔵は足をゆるめて、背後を振り返った。追手の影は見えなかった。ほっと胸を撫《な》で下ろしてふたたび走り出そうとしたとき、前方の夕闇に忽然《こつぜん》として黒い影が浮かび立った。

三度笠をかぶった長身の渡世人である。

松蔵は思わず足を止めて、人影に目を凝らした。渡世人が足を止めて、

「宇之吉だな」

と低く誰何《すいか》した。松蔵の手が反射的に道中差しの柄《つか》にかかった。

「な、なんで、手前の名を？」

「おめえさんとは東海道の黄瀬川の近くで一度会っている」

「ああ」

松蔵の顔から警戒心が消えて、口元にふっと笑みがこぼれた。黄瀬川の一件を思い出したのである。道中差しの柄から手を離し、三度笠の下の伊三郎の顔をすくい上げるように見た。

「旅人《たびにん》さんは、たしか伊三郎さんと――」

「おめえさん、あっしに嘘をつきなすったね」

「え？」

「あのときの連れの女は、おめえさんの女房じゃねえ。駿州清水の米屋の内儀

だ」

「な、何をおっしゃるんで！」

松蔵の顔に狼狽《ろうばい》が奔《はし》った。

「あ、あの女は、手前の女房です。伊三郎さんは、な、何か勘違いしてるんじゃねえでしょうか」

「もう一つ」

畳み込むように、伊三郎がいった。

「おめえさんの名は宇之吉じゃねえ。松蔵だ」

「！」

松蔵の顔から血の気が引いた。

「違うかい？」

「……………」

数歩あとずさりすると、松蔵は急に開き直るような笑みを浮かべていった。

「そうだといったら、どうするつもりなんで？」

「斬る」

「ちょ、ちょっと待っておくんなさい！」

松蔵があわてて手を振った。

「おめえさんに斬られるいわれはねえ。いってえ、あっしに何の怨《うら》みがあって――」

「去年の九月、おめえたちは下田の廻船問屋『興津屋』に押し入って奉公人と一家五人を皆殺しにした。その事件《やま》、忘れちゃいめえな」

「そ、それとおめえさんとどういう関わりがあるんだい」

「おめえたちに殺された『興津屋』の若内儀とはちょっとした縁があってな。渡世の義理であっしがその若内儀の怨みを晴らすことになったのよ」

伊三郎の手が長脇差《ながどす》の柄にかかった。それを見て松蔵ははじけるように跳びすさり、

「ま、待ってくれ！『興津屋』一家を皆殺しにしろといったのは頭《かしら》の武吉なんだ。おれたちが悪いんじゃねえ！」

「死んだ武吉に罪を引っかぶせようって魂胆《はら》か」

「は、話は最後まで聞いてくれ」

「………」

「頭の武吉を殺したのは、このおれなんだぜ」

「おめえが頭を？」

三度笠の奥から、伊三郎は意外そうな目で見返した。

「天城の山ん中で、崖から突き落としてやったのさ。いってみりゃ、おれが『興津屋』の若内儀の怨みを晴らしてやったようなもんよ」

「そんな屁理屈《へりくつ》が通るほど世の中甘くはねえぜ」

伊三郎の手が長脇差の鯉口《こいぐち》を切った。そのときである。

「いたぞ！」

「あそこだ！」

突然、男たちのわめき声がひびき、雑木林の中から数人の人影が飛び出してきた。留次郎と三人の子分たちである。伊三郎が視線を転じた一瞬の隙に、松蔵は河原に向かって一目散に逃げ去った。追う余裕はなかった。男たちの影が間近に迫っていた。

伊三郎も身をひるがえして奔馳《ほんち》した。

「おめえたちは、野郎を追え！」

留次郎の怒鳴り声とともに、四つの影が二つに分かれた。伊三郎を松蔵の仲間と見たのだろう、河原に逃げた松蔵を二人が追い、別の二人が伊三郎を追ってきた。

河畔の道を北に向かって走りながら、伊三郎はちらりと河原へ目をやった。松蔵の姿は見えなかった。河原に密生した葦《あし》や真菰《まこも》がざわざわと波打ち、月明かりの中に白い水しぶきが飛び散った。どうやら松蔵は川の浅瀬を走りながら、上流に向かって逃げているようだった。

背後を振り返って見た。二人の追手が執拗に追ってくる。伊三郎は道の右手の竹林に飛び込んだ。高さ一丈半（約四・五メートル）はあろうかという孟宗竹《もうそうちく》の林である。追手の目をくらますために、伊三郎は竹林の中を右に左に蛇行しながら走った。

二丁（約二百十八メートル）ほど走ると、竹の葉で閉ざされていた空が豁然《かつぜん》と開け、青白い月光が差し込んできた。竹林を抜けたのだ。行く手は雑草におおわれた斜面になっている。その斜面を駆け登りながら、首を廻して背後を振り返った。追手の姿はなかった。

斜面の上に道が延びていた。下田街道である。

伊三郎は街道を北に向かってひた走りに走った。月明かりを返照して銀色の帯のように見える狩野川の流れが、ゆるやかに東に向きを変え、街道から少しずつ離れてゆく。

やがて西の闇の奥に、もう一筋の銀色の帯が見えた。桂川の流れである。川のほとりに点々と明かりがきらめいている。修善寺の湯宿の明かりである。

伊三郎は足を止めて、ゆっくり背後を振り返った。追手の気配はなかった。

肩で呼吸《いき》をととのえながら、伊三郎は桂川の河畔の道をゆっくり歩き出した。

確かな時刻はわからないが、東の空に浮かんでいる月の位置から推測すると、とうに六ツ（午後六時）は過ぎているだろう。

桂川に架かる小さな木橋を渡って、温泉場に足を向けた。

湯煙が立ち込める路地には、大小の湯宿のほかに雑貨屋、土産《みやげ》物屋、飲み食いを商う小店などが軒をつらね、浴衣姿の湯治《とうじ》客が夕食後の散策を楽しんでいる。

伊三郎は路地の一角に縄のれんを下げた煮売《にうり》屋を見つけて足を踏み入れた。

薄暗く、狭い店である。油煙《ゆえん》で黄色くなった掛け行灯《あんどん》が、ほの暗い明かりを散らしている。客は四人ほどいた。いずれも近所の湯宿の下働きふうの男たちである。伊三郎は三度笠をはずして窓ぎわの席に腰を下ろし、店の女房らしき中年女に燗酒《かんざけ》二本と野菜の煮物と漬物、どんぶり飯を注文した。と、そのとき、

「伊三郎さんじゃござんせんか」

ふいに背中越しに低い声がかかった。思わず振り返ると、背後の席の男が、

「妙なところでお会いしやしたね」

と笑顔を向けてきた。徳兵衛だった。

「徳兵衛さんか」

「きのうは失礼いたしやした。すっかり酔いつぶれちまって、伊三郎さんがお発《た》ちになったのに気がつきやせんでしたよ」

「どういたしやして。あっしのほうこそ礼もいわずにご無礼しやした」

「修善寺にお泊まりですかい？」

「へえ」

勘蔵一家に厄介になっていることを、伊三郎はあえて隠した。一家との関わりを説明するのが面倒だったからである。

「徳兵衛さんはなぜここへ？」

「お甲を迎えにきたんですよ。女ひとりの夜道は物騒でござんすからねえ」

「お甲さんが働いている湯宿はこの近くなんですかい？」

「へい。この先の『あざみ屋』って小さな湯宿でござんす」

『あざみ屋』は昨夜長五郎が泊まった湯宿である。徳兵衛が何かいおうとしたと

き、女が燗酒と料理を運んできた。伊三郎が徳利を手に取って、

「よかったら、一杯やりやせんか」

と、すすめると、徳兵衛は「じゃ、お言葉に甘えやして」といって、伊三郎の席に移ってきた。

「お甲さんは徳兵衛さんと野州に行くことを了諾したんですかい」

「それが……」

酌を受けながら、徳兵衛はほろ苦く笑った。

「まだ色よい返事がもらえねえんですよ」

「もし断られたらどうするつもりで？」

「首に縄をつけて連れて帰るってわけにもいきやせんからねえ。そのときはきっぱりあきらめて、あっし一人で郷里《くに》に帰るつもりでおりやす」

「徳兵衛さんが堀切村に住みつくってわけにはいかねえんですかい」

「それも考えてみやしたが、この歳になると、やっぱり生まれ故郷が懐かしくてねえ。だからお甲の気持ちも痛えほどよくわかるんで――」

そういって、徳兵衛はため息まじりに語をついだ。

「あっしもお甲もしょせんは百姓ですからねえ。生まれ育った土地から離れられ

ねえ運命《さだめ》なんでござんすよ」

伊三郎も百姓の出だが、生まれ故郷への未練はかけらもなかった。故郷にかぎらず、家とか身寄りとか財産、女といった世間的なしがらみを持つ人間は、無宿渡世の世界に身を置くことはできない。そうしたしがらみを持つことによって「生」への執着心がわいてくるからである。明日の命さえ、どうなるかわからない渡世人に安住の地はないし、ましてや女房を持ったり、所帯を構えるという現実はあり得ないのだ。その意味で徳兵衛は渡世人にはなり切れない男だと、伊三郎は思った。

「一所不住の旅暮らしとおっしゃいやしたが、伊三郎さんは生涯そうやって旅をつづけるつもりでござんすか」

猪口を傾けながら、徳兵衛が上目づかいに訊《き》いた。

「あっしにはそういう生き方しかできねえんで」

「若い時分はそれでいいかもしれやせんがね。けど、歳を取ったらそうはいかねえでしょう。体も利かなくなるだろうし、病にもかかるだろうし……」

「そのときは野垂れ死にするだけのことでござんすよ」

他人事《ひとごと》のようにいってのけると、伊三郎は唇の端《は》に薄い笑みをにじませて、

「もっとも野垂れ死にするまで生きてるかどうかもわかりやせんがね。とにかく先のことは考えねえことにしてるんで」

先のことを考えたところで、無宿渡世の旅鴉《たびがらす》にまともな未来などあろうはずがない。この渡世に足を踏み入れたときから、伊三郎はそう割り切っていた。

「立ち入ったことをお訊きしやすが」

「へい」

「伊三郎さんは女に惚《ほ》れたことはねえんですかい」

「そりゃあっしも生身の男でござんすからねえ。一度もねえといったら嘘になるでしょう。ですが……」

といいさしたとき、ふいに徳兵衛の目が動いた。伊三郎も首を廻して見た。縄のれん越しに女が店の中をのぞき込んでいる。お甲であった。伊三郎と目が合った瞬間、お甲は軽く頭を下げて目礼した。その目にはあいかわらず感情がなかった。

「お甲がきやしたんで」

照れるようにいって徳兵衛は腰を上げ、自分の卓に酒代を置くと、

「ご馳走《ちそう》になりやした。お先に失礼させていただきやす」

一礼して出て行った。きのうの怪我《けが》がまだ治っていないのか、徳兵衛は左脚を引きずりながら、お甲に寄り添うようにして夕闇の奥に消えて行った。

伊三郎は徳利の酒を一気に呑みほすと、どんぶり飯に野菜の煮物の煮汁をぶっかけて食べはじめた。奥の席で酒を呑んでいた四人の男たちが、酒代を置いてぞろぞろと出て行った。残っているのは伊三郎だけである。店の女房があわただしく卓の上の徳利や小鉢を片づけはじめたとき、若い男がふらりと入ってきた。長五郎である。

「やァ、伊三郎さん」

目ざとく伊三郎の姿を見つけて、長五郎が歩み寄ってきた。右腕を晒《さらし》で吊っている。

「どうしたんですかい？　その右腕は」

伊三郎が顔を上げてけげんそうに訊くと、長五郎はにやりと笑って、

「上修善寺村の近くで荒くれどもと喧嘩《けんか》になりやしてね」

「喧嘩？」

「ご一緒してよろしいですかい？」

「ああ」

一礼して卓の前に腰を下ろすと、長五郎は店の女房に酒を注文し、今朝方の事件の顚末《てんまつ》を語りはじめた。伊三郎は話を聞きながら黙々とどんぶり飯をかき込んでいる。

「道に迷っているうちに、偶然その事件に出くわしちまいやしてね。それでまァ、見るに見かねて助っ人を買って出たって次第でござんす」

話し終えると、長五郎は運ばれてきた酒を猪口に注いで、ごくりと喉に流し込んだ。

「――で」

食べ終えたどんぶりを卓の上に置いて、伊三郎は気づかわしげに長五郎を見た。

「怪我の具合はどうなんで？」

「大した怪我じゃござんせん。杉江久馬ってお侍さんの妹に手当てをしてもらいやしたんで、二、三日もすれば傷口がふさがるんじゃねえかと」

「そうですかい」

うなずきながら、伊三郎はふと思い出したように、

「あっしのほうからも長五郎さんの耳に入れておきてえことが」

「どんなことですかい？」

「宇之吉って男、月ガ瀬の湯宿に泊まっておりやしたよ」

「宇之吉が！」

長五郎の声が上ずった。

「といっても、もうその湯宿にはおりやせんがね」

「ずらかったんですかい？」

「宇之吉は半兵衛一家にも追われていたんですよ」

「半兵衛一家にも？　そりゃまたどういうことなんで？」

伊三郎はちらりと店の奥に目をやった。亭主と女房が板場で皿や小鉢を洗っている。それを横目に見ながら、伊三郎は声をひそめていった。

「宇之吉ってのは変名で、本名は松蔵。手配中の三人組の一人だったんで」

「まさか」

長五郎は思わず瞠目した。義理の母親を殺して金を奪った宇之吉が、下田の廻船問屋『興津屋』に押し入って一家皆殺しにした盗賊一味の一人だったとは……。

「じつは……」

伊三郎がつづける。

「あっしもその宇之吉を、いや松蔵って男を探していたんですよ」

「伊三郎さんも？」

けげんそうに見返す長五郎に、伊三郎は湯ガ島の勘蔵一家に一宿一飯の恩義を受けたことや、勘蔵のひとり娘・お佳代が盗賊一味に惨殺されたこと、渡世の義理でお佳代の怨みを晴らさなければならないことなどを手短に話した。

「へえ、そんなわけがあったんですかい」

長五郎は意外そうにつぶやいた。

「松蔵は長五郎さんのおっ母《か》さんの仇《かたき》だが、あっしも渡世の義理で松蔵を斬らなきゃならねえ。仮にあっしが先に斬ったとしても、悪く思わねえでおくんなさいよ」

「わかりやした。そういう事情があるんなら、おいらは手を引きやす。松蔵の命、伊三郎さんにお預けしやしょう」

「手を引く？　おっ母さんの仇討《あだう》ちはあきらめるというんですかい」

「母親といっても、しょせん血のつながらねえ赤の他人ですからね。初手《はな》から仇を討つ気なんざさらさらなかったんで……、ただ」

長五郎は猪口の酒をぐびりと喉に流し込んだ。

「野郎を叩《たた》っ斬《き》らなきゃ、死んだお父《とっ》つぁんに申しわけが立たねえと、そう思っただけのことでござんすよ」

「で、このあと長五郎さんはどうするつもりなんで？」

「伊三郎さんの話を聞いてるうちに、ますます腹が立ってきやした。およばずながら、おいらも一肌脱がせてもらいやすよ」

「松蔵探しを手伝ってくれると？」

「乗りかかった船でござんすから」

といって、長五郎はニッと笑ってみせた。どこか幼さを残したあどけない笑顔である。それを見て伊三郎の顔にも笑みがにじんだ。

「長五郎さんに助っ人してもらえれば、あっしも助かりやすよ」

3

そのころ……。

大仁村の半兵衛一家の客間で、貸元の半兵衛と修善寺の湯宿『常磐屋』の主人・平右衛門、韮山代官所の手附《てつけ》・真崎弥左衛門の三人が浮かぬ顔で酒肴の膳部を囲んでいた。

上修善寺村近くの間道で、平右衛門の木宿《きじゆく》の荷駄《にだ》人足が五人、何者かに斬殺されたとの報を受けて、急遽《きゆうきよ》、三人が半兵衛の家に集まったのである。

「確かな証《あかし》はございませんが、五人の人足を斬ったのは杉江さまではないかと」

苦々しくいったのは、平右衛門である。

「杉江が？」

真崎がぎろりと見返した。

「今朝方、杉江さまが供の者を連れて上修善寺村の里山を巡回していたそうでございます。ひょっとすると、手前どもの木宿の人足が炭を運ぶ途中、杉江さまに見咎《みとが》められて争いになったのかもしれません。それで逆に……」

「返り討ちにあったというわけか」

つぶやきながら、半兵衛が隣席の真崎にちらりと目をやった。

「それはどうかな」

真崎は疑わしそうに首を振った。

「杉江はそれほどの剣の遣い手ではない。一人や二人ならまだしも、五人の荒くれ相手では、とても杉江ひとりでは太刀打《たちう》ちできまい」

「ですが、現に五人の人足は……」

斬られたのだ、といいつのる平右衛門に真崎が鋭く切り返した。

「杉江に助勢した者がいたのかもしれんぞ」

「助勢した者、と申しますと？」

「湯ガ島の勘蔵一家の身内ということも考えられる」

その可能性は否定できなかった。上修善寺村は勘蔵一家の縄張りであり、日ごろから一家の身内と杉江久馬とは交流があったからである。

「そのへんのところを、いっぺん調べてみやしょうか」

半兵衛がいった。

「いや、おまえが表立って動くのはまずい。斬られた五人は御禁制の炭の横流しをしていたのだ。それを杉江に見咎められて争いになったとすれば、非は明らかに人足どもにある。斬られても文句のいえる立場ではあるまい」

「おっしゃる通り、そこが手前どもの泣きどころでございまして……」

苦渋に満ちた表情で平右衛門がいった。

「下手《へた》にこっちが騒ぎ立てれば藪蛇《やぶへび》になってしまいますからねえ。手前どもとしては手の打ちようがございません」

「常磐屋」

真崎が険しい顔で向き直った。

「炭の横流しに関する上申書が、すでに杉江から代官所に上がっているのだ」

「ま、まことでございますか！」

「しかるべき御沙汰《さた》を仰ぎたいとな」

「…………！」

平右衛門の顔からさっと血の気が引いた。

「だが、心配にはおよばぬ。その上申書はわしがにぎりつぶした」

「さようでございますか」

ほっとしたように平右衛門は吐息をついた。

「杉江の件はいずれわしが決着をつける。それまで〝裏商い〟はしばらく差し控えることだな」

「お二方には何かとご面倒をおかけいたしますが、よろしくお取り計らいのほどを」

そういって、平右衛門はおもむろに袱紗《ふくさ》包みを開き、二人の前に四角い紙包みを一つずつ差し出した。それぞれの包みの中には切り餅《もち》一個（二十五両）が入っている。真崎と半兵衛はさも当然のごとく紙包みをわしづかみして懐中にねじ込んだ。

「人目につくといけませんので、手前はこれで失礼させていただきます」

二人に低頭すると、でっぷり肥《ふと》った体を大儀そうに揺すりながら、平右衛門は客間を出ていった。半兵衛がそのうしろ姿をちらりと目で追って、

「杉江さんに鼻薬《はなぐすり》を利かせるってわけにはいきやせんか」

と声をひそめていった。

「それは無理だな」

真崎は渋面《じゅうめん》を作った。

「勘定奉行所から令達された掟書《おきてがき》を肌身離さず持ち歩いているような堅物だ。金や物で懐柔《かいじゅう》できるような男ではない」

「では……？」

「消えてもらうしか手はあるまいのう」

半兵衛の目にぎらりと残忍な光がよぎった。

「真崎さまのご下知《げじ》があれば、すぐにでも、あっしらが――」

「ま、あわてることはあるまい。いずれ時機《おり》をみてわしが判断する。それより半兵衛」

いいかけたとき、ふいに廊下に足音がひびき、

「親分」

声とともに襖が開いて、留次郎が顔をのぞかせた。

「おう、留次郎。何かわかったか？」

「へい。三人組の一人の松蔵って野郎ですが、宇之吉と名を騙《かた》って月ガ瀬の湯宿に泊まっておりやしたよ」

廊下にひざまずいたまま、留次郎が応《こた》えた。

「宇之吉？　どこかで聞いたような名前《なめえ》だな」

「そうか」

はたと膝《ひざ》を打って、真崎が留次郎に視線を向けた。

「きのう、おまえたちが番屋にしょっ引《ぴ》いてきた若い男、たしか長五郎と申したな」

「へい」

「そやつが探していた男の名が宇之吉だ」

「ああ、すっかり忘れておりやしたよ」

留次郎は気まずそうに頭をかいた。

「で、どうしたんだい？　その宇之吉、いや松蔵って野郎は」

半兵衛が訊いた。

「それが……」

一瞬、留次郎の目が泳いだ。すんでのところで捕り逃がしてしまったとは、さすがにいえなかった。正直にそういったら、半兵衛の怒りを買うに決まっている。留次郎は上目づかいに半兵衛の顔色をうかがいながら、消え入りそうな声でいった。

「あっしらが踏み込んだときには、もう宿を出たあとだったんで」

「つまり、後手を踏んだということか」

半兵衛が不機嫌そうにいった。

「へえ。面目《めんぼく》ございやせん」

ちっと舌打ちして、半兵衛は苦々しげに盃《さかずき》の酒をあおった。

「長五郎と申すあの若僧……」

真崎がおもむろに口を開いた。

「松蔵に義理の母親を殺されたといっておったが、もし、あの若僧が先に松蔵を見つけ出して母親の仇を討つようなことがあれば、千両の金の在《あ》りかを探し出す手がかりが一つ消えることになる」

「そういうことになりやすね」

半兵衛が相槌《あいづち》を打つ。

「もはや悠長に構えている場合ではない。一日も、いや一刻も早く松蔵の行方を突き止めなければ、また後手を踏むことになるぞ」

「わかっておりやす。……留次郎」

「へい」

「五人や六人で探し歩いても埒《らち》が明かねえ。このさい子分どもを総動員して、温泉場の湯宿をしらみつぶしに当たってみるんだ」

「かしこまりやした」

二人に仰々しく頭を下げると、留次郎は襖を静かに閉めて立ち去った。

「のう、半兵衛」

真崎がゆっくり半兵衛に向き直った。

「わしのような微禄《びろく》の武士にとって、千両という金は一生かかっても手にすることのできぬ大金だ」

「そりゃ、あっしだって同じでございやすよ。手にするどころか、一生お目にかかることはできねえでしょう。千両なんてお宝は」

「そのお宝が天城の山中に眠っているのだ。むざむざ盗賊一味の手に渡すわけにはいかぬ。何としても一味を引っ捕らえて金を埋めた場所を聞き出さなければな」

「真崎さまのご期待に添えるように、あっしらも精一杯頑張りやすよ」

口の端に追従《ついしょう》笑いをにじませながら、半兵衛は真崎の酒杯に酒を注いだ。


ヒヨドリのけたたましい鳴き声で、伊三郎は目を醒《さ》ました。

東の障子窓がしらじらと明るんでいる。勘蔵一家の客間である。若い衆が朝餉《あさげ》の支度をしているのだろう。廊下の奥からかすかな物音が聞こえてくる。

伊三郎は寝床から抜け出して、手早く布団を畳んだ。

布団といっても、幅の広い薄っぺらな一枚布団である。それを二つ折りにして、柏餅《かしわもち》のようにくるまって寝るところから「柏布団」と呼ばれていた。寝るときは貸元の寝間のほうへは足を向けず、長脇差を抱いたまま壁に背を向け、右手だけはいつでも使えるように左を下にして寝る。一朝《いっちょう》事が起きたときに、客人は先陣を切って戦わなければならないからである。

畳んだ布団を壁ぎわに片づけ、身支度をすませて部屋を出ると、廊下の雑巾《ぞうきん》がけをしている若い衆たちに、「おはようござんす」と声をかけながら土間に向かった。

そこでも二人の若い衆が忙しそうに立ち働いていた。裏庭の井戸から汲《く》んできた水を大きな瓶《かめ》に入れている。その一人に、

「濯《すす》ぎをいただきやす」

といって盥《たらい》に水をもらい、口をすすいで顔を洗うと、伊三郎は奥の広間に足を向けた。二十畳の畳部屋である。ふだんは襖で二部屋に仕切られているが、博奕を開催するときは仕切りの襖をすべて取り払い、ここを賭場として使うのである。

その仕切りの襖を引き開けて奥の部屋に入った。

部屋の真ん中に欅《けやき》造りのどっしりした長火鉢が置いてあり、正面の壁には神棚《かみだな》が祀《まつ》ってある。伊三郎は火打ち石を切って神棚の灯明《とうみょう》に火をともした。朝一番に神仏の灯明をつけるのも、客人としての作法なのだ。そこへ、

「お客人《きようじん》、茶をどうぞ」

と三下《さんした》らしい若い男が茶を運んできた。

「ありがとうござんす」

礼をいって腰を下ろし、茶盆の湯飲みを取ったところへ、代貸の清之助が入ってきた。

「おはようございやす。さっそくのお心づかい、ありがとうござんす」

神棚に灯明をつけてくれたことへの礼である。そうした作法を知らない未熟な旅人は身内衆から軽く見られ、庭の掃除や薪《まき》割りなどをさせられる羽目になるのだが、伊三郎のように渡世の作法や礼儀、しきたりをわきまえた旅人は、一家の客分として手厚い持てなしを受けるのである。

「ゆうべは遅いお帰りだったようで」

「へい。月ガ瀬から修善寺まで足を延ばしたもんで」

茶をすすりながら、伊三郎は昨夕の一件をかいつまんで話し、松蔵を捕り逃がしたことを素直に詫びた。

「月ガ瀬の湯宿に泊まっていたのは、松蔵だけだったんですかい？」

「そのようで」

「とすると、ほかの二人は？」

「まだ到着してなかったんじゃねえでしょうか。それとも……」

湯飲みを茶盆にもどして、伊三郎は思案の眼差《まなざ》しを宙に向けた。

「どこか別の場所で落ち合うことになっていたのかもしれやせん。清之助さんのほうは何かつかめやしたか」

「きのうは差村《さしむら》の宿を七、八軒当たってみたんですが、これといった手がかりは……」

清之助は面目なさそうにかぶりを振った。差村とは定助郷村《じょうすけごうむら》の人馬が不足したときに臨時に人馬を徴発《ちょうはつ》する村をいい、湯ガ島の周辺には伝馬人足の休泊所や兼業の宿がある差村が三十七カ村あった。そのすべてを当たるとなると半月はかかるだろう。

「うかうかしていたら、半兵衛一家に先を越されちまいやす。ある程度的《まと》をしぼって当たってみるしか手はねえでしょう」

「今日はどのへんを歩くつもりで？」

「狩野川の東の田沢《たざわ》、矢熊《やぐま》、雲金《くもがね》、佐野《さの》あたりを手分けして当たってみようかと思っておりやす」

「じゃ、あっしは西の青羽根《あおばね》、本柿木《ほんかきぎ》、松《まつ》ガ瀬《せ》のほうを当たってみやしょう」

「お手数をおかけしやすが、一つよろしくお願いいたしやす」

「お先にごめんなすって」

一礼して部屋にもどると、ほどなく若い者が朝餉の膳部を運んできた。炊きたての飯に味噌《みそ》汁、岩魚《いわな》の塩焼き、山菜の煮つけ、漬物などがのっている。それらをきれいに平らげると、給仕の若い者に礼をいって、伊三郎は外出の身支度に取りかかった。

4

青く晴れ渡った澄明《ちょうめい》な空から、朝の陽光がさんさんと降りそそいでいる。

日増しに濃くなる木々の緑や山間《やまあい》を吹き抜ける風の温《ぬく》もり、川の清流に白く咲き乱れるわさびの花が、天城の遅い春の到来を感じさせる。

伊三郎は下田街道を北に向かって歩いていた。三度笠を目深にかぶり、紺の手《て》甲脚絆《っこうきゃはん》を巻き、腰に長脇差という道中支度だが、引廻しの合羽はつけていない。

本谷《もとや》川に架かる嵯峨沢橋を渡ると、道はなだらかな下り坂になり、狩野川に沿って西へと曲がってゆく。

（それにしても……）

ふと伊三郎の脳裏に一抹《いちまつ》の疑念がよぎった。松蔵一味が天城の山中に千両の金を埋めたのは昨年の九月である。それからすでに半年がたっている。なぜもっと早く掘り起こしに来ようと考えなかったのか。それが不可解だった。

天城の冬は、人の往来を阻《はば》むほど厳しい寒さではない。湯ガ島や修善寺周辺の湯宿は真冬でも湯治客でにぎわっているし、各村々へ荷駄を運ぶ人馬や北国から巡業にきた瞽女《ごぜ》、踊り子、旅芸人なども天城路をひんぱんに行き来している。一般の旅人もそれなりの身支度をしていれば、冬の天城に分け入るのはさほど困難なことではないのだ。

なのになぜ松蔵一味は千両の大金を半年間も天城の山中に放置していたのか。ほとぼりが冷めるのを待っていたにしては、半年という時間《とき》はあまりにも長すぎる。春を待たなければならない、何か特別の事情でもあったのだろうか。

考えれば考えるほど謎が深まってゆく。

気がつくと、いつの間にか狩野川の河畔の道を歩いていた。昨夕、月ガ瀬に向かうときに通った道である。

狩野川の川面《かわも》が朝の陽差しを反射《はね》てきらきらと黄金《こがね》色に光っている。

ふいに川辺の草むらから翡翠《ひすい》色の小さな鳥が音を立てて飛び立った。俗に「空飛ぶ宝石」といわれるかわせみである。

そのとき、三度笠の下の伊三郎の目が鋭く動いた。人影がこっちに向かって足早に歩いてくる。菅笠をかぶり、茶縞《ちゃじま》の単衣《ひとえ》に浅黄の股引《ももひ》きといういでたちの男である。

伊三郎の姿を見ると、男は菅笠を押し上げて白い歯を見せた。長五郎だった。右腕を吊っていた晒はもうはずされている。

「長五郎さん。怪我の塩梅《あんばい》はいいんですかい？」

「へい。おかげさまで」

と右腕を振ってみせながら、長五郎が足早に近づいてきた。

「ちょうどいいところでお会いしやした。これから勘蔵親分の家を訪ねて行こうと思ってたところで」

「あっしに何か？」

「伊三郎さんのお耳にちょいと入れておきたいことがありやしてね」

「例の三人組のことですかい」

「へい。歩きながらお話ししやしょう」

踵《きびす》を返して、伊三郎の横に並んで歩きはじめた。

「ゆうべ、伊三郎さんと別れたあと宿にもどったら、部屋が全部ふさがっておりやしてね。相部屋を取らされちまいやしたよ」

修善寺の『あざみ屋』という湯宿である。一昨夜は比較的空《す》いていたのだが、昨夜は江戸からきたという恵比寿講《えびすこう》の一行に部屋の大半を占領されてしまったために、相部屋を余儀なくされたのである。宿の亭主の話によると、天城には七福神を祀る禅寺が点在しており、湯浴《ゆあ》みを兼ねた霊場めぐりの遊山客も少なくないという。

長五郎の相部屋の客は、下田からやってきた喜助《きすけ》という小間物の行商人だった。天城で二十年来小間物の行商をつづけているという喜助は、見るからに人当たりのいい純朴そうな男で、寝酒に買ってきた酒を心やすく長五郎にも振る舞ってくれた。

「その行商人からちょいと引っかかる話を耳にしやしたんで」

「引っかかる話というと……？」

「伊三郎さんは吉奈温泉をご存じですかい？」

「名前だけは知っておりやす。子宝の湯で知られていると聞きやしたが」

「その吉奈温泉の『萬屋《よろずや》』って湯宿に、一昨日《おとつい》の晩から小商人《こあきんど》ふうの男が一人で泊まってるそうで」

『萬屋』はその屋号が示すとおり、徳川家康の側室・お万の方が子宝祈願のために逗留したという由緒ある湯宿である。客のほとんどはお万の方にあやかるために、三島や下田からやってくる富裕な商家の若内儀ばかりで、中には下女を四、五人も引き連れて長逗留する常連の客もいるという。

「何しろ、宿代だけでも相場の三倍はするという格式の高い湯宿ですからねえ。旅の小商人が気やすく泊まれるような宿じゃねえんですよ、『萬屋』ってのは」

「由緒格式はともかく、男が一人で子宝の湯に泊まるってのも、たしかに妙な話でござんすね」

「しかも、その男は部屋に閉じこもったまま、まるで人目を避けるように一歩も外に出ねえそうなんで。何かうしろ暗い事情《わけ》でもあるんじゃねえかと、宿の女中たちが気味悪がっていたそうですよ」

「そいつの名前はわかっているんですかい？」

「宿では文七《ぶんしち》と名乗っているそうです」

その男が三人組の一人であるとすれば、本名を名乗るわけはない。調べてみる価値はありそうだと伊三郎は思った。

「ちょうど、あっしも青羽根に向かうところだったんで。一緒に吉奈温泉に行ってみやしょうか」

「へい」

吉奈温泉は青羽根村に行く途中にある。

狩野川の河畔の道から左に折れて、吉奈川沿いのゆるやかな坂道を西へ十丁（約一キロ）ばかり上ると、川の右岸に小さな集落が見えた。吉奈温泉である。

樹林の奥に藁《わら》葺き屋根の小さな湯宿が七、八軒点在している。白く立ち込める湯煙が樹林全体をひっそりとつつみ込み、墨絵《すみえ》のような淡い景観をかもし出している。

二人は登り道から川岸の雑木林につづく道へ下りた。

渓流沿いの小径《こみち》を散策していた浴衣姿の女たちが、突然現れた伊三郎と長五郎に奇異な視線を向けた。男の二人連れというのはめずらしいことなのだろう。女たちは何やらひそひそとささやき合いながら、逃げるように立ち去っていった。

『萬屋』はすぐにわかった。建物もひときわ大きく、入り口は瓦葺きの破風《はふ》屋根になっており、その上にどっしりとした檜《ひのき》の木彫り看板が載っている。歴史と格式を感じさせる堂々たるたたずまいである。宿の女中らしき中年女が入り口の前を掃いている。

「もし」

伊三郎が声をかけると、女はびっくりしたように顔を上げ、二、三歩あとずさった。

「この宿に文七って人が泊まっていると聞きやしたが」

「は、はい」

女は警戒するような目で二人を見た。

「その文七さんに用があって訪ねてきやした。すまねえが呼んできてもらえやせんか」

「文七さんは、先ほどお出かけになりましたが」

「宿を発ったんですかい」

「いえ、四半刻《しはんとき》（三十分）ほど前に湯守《ゆもり》の杢兵衛《もくべえ》さんが言伝《ことづ》てを持ってきまして」

「言伝て？」

長五郎が訊き返した。

「誰から頼まれたのかわかりませんけど、文七さんはその言伝てを受けて出て行ったんです。部屋に荷物を置いたままですから、すぐにもどってくると思いますよ」

「杢兵衛って人はどこにいるんですかい？」

「裏の湯小屋にいると思いますけど」

「そうですかい。忙しいところ邪魔をしちまって」

女に礼をいうと、伊三郎は長五郎をうながして『萬屋』の裏に廻った。

『萬屋』の湯の源泉《げんせん》は、裏山の斜面に建っている丸太小屋の中にあった。

小屋の中には大きな樽《たる》が据《す》えられており、その大樽に溜まった湯を上部の流し口から木製の樋《とい》で宿の湯船に引き込んでいるのである。

湯量は豊富で泉温が五十度近くあり、泉質は含芒硝《ぼうしょう》（硫酸ナトリウム）苦味《にがみ》泉《せん》。小屋の中の岩肌からじかに湯が湧き出しているので、大樽の底や樋の流し口には土砂や小枝、枯れ葉などが溜まりやすい。それを取り除いたり、湯量の調整をしたりするのが、湯守と呼ばれる男の仕事であった。

「ごめんなすって」

丸太小屋の戸口に立って伊三郎が中に声をかけると、もうもうと立ち込める湯煙の中から粗末な身なりの老人がけげんそうに出てきた。湯守の杢兵衛である。しわだらけの顔が湯気でびっしょり濡《ぬ》れている。杢兵衛は濡れた顔を手の甲で拭きながら、戸口に立っている伊三郎と長五郎にうろんな目を向けた。

「杢兵衛さんだね？」

「へえ」

杢兵衛は無愛想にうなずいた。口数の少ない頑固そうな顔をしている。伊三郎はふところから一朱銀を取り出して、杢兵衛の手ににぎらせた。一日働いても五、六十文の賃金にしかならない湯守にとって、一朱は目の玉が飛び出るほどの大金なのだ。

杢兵衛の顔が一変した。欠けた歯をみせてにやりと笑い、

「どんな御用件で？」

と、すくい上げるように二人を見た。

「おめえさん、『萬屋』に泊まっている文七って男に言伝てを持っていったそうだが、その言伝ては誰から頼まれたんだい？」

「松蔵というお人からでごぜえやす」

「松蔵！」

伊三郎と長五郎は思わず顔を見交わした。

「そのお人から文七さんに行基の滝にくるようにと言伝てを頼まれたんで」

「念のためにその男の人相を聞いておこうか」

「それが……、頰かぶりをした上に菅笠をかぶっていたもんで、顔ははっきり見えませんでした」

「行基の滝ってのはどこにあるんだい？」

長五郎が訊いた。

「吉奈川を半里（約二キロ）ほどさかのぼった上流にごぜえやす」

それだけ聞けば十分だった。李兵衛に礼をいって二人は裏山の斜面を小走りに下りていった。

5

吉奈温泉から先の道は、橅《ぶな》や楢《なら》、櫟《くぬぎ》などの原生林におおわれた険路だった。西へ進むにしたがって勾配《こうばい》もきつくなる。

険しい山道を登ること四半刻、ようやく滝の音が聞こえてきた。

急に視界が明るくなり、原生林の途切れ目に切り立った崖が見えた。滝はその崖の上から落ちていた。行基上人が修行を積んだという高さ四丈二尺九寸(約十三メートル)の「行基の滝」である。

先を歩いていた伊三郎が足を止めて、用心深くあたりを見廻した。静謐《せいひつ》な山の気がただよっている。聞こえるのは滝の音と野鳥の鳴き声だけである。人の気配はまったく感じられない。

伊三郎の目が道の左の斜面に向けられた。雑草と熊笹《くまざさ》が生い茂る急斜面に筋のようなものが見えた。鹿や猪《いのしし》、狐《きつね》、狸《たぬき》などが渓流の水を飲むために上り下りしている、いわゆる〝けもの道〟である。踏み固められた土の下からは岩肌が露出していた。

「下におりてみやしょう」

長五郎をうながして、伊三郎はけもの道をゆっくり下りはじめた。

ほどなく平坦な草地に出た。草地の切れ目に巨大な岩が突き出ており、その先は広い岩畳《いわだたみ》になっていた。伊三郎は岩陰に身を寄せて、あたりの様子をうかがった。

滝の水が滝壺《たきつぼ》の岩にはじけ、水飛沫《しぶき》に七色の虹《にじ》が浮かんでいる。

人影は見当たらなかった。それを確かめると、伊三郎と長五郎は岩陰から歩を踏み出して、広い岩畳の上に立った。その瞬間、

「伊三郎さん！」

長五郎が甲高《かんだか》い声を張り上げて、足元に目をやった。岩畳の窪《くぼ》みに真っ赤な血溜まりができている。よく見ると、その窪みから岩畳の上に点々と血痕がつづいていた。

伊三郎は身をひるがえして、岩畳の縁《ふち》から滝壺をのぞき込んだ。

白く泡立つ水面に黒い藻《も》のような物がゆらいでいる。目を凝らして見ていると、白い水泡の下から男の死体がぽっかりと浮かび上がった。解けた髷《まげ》がざんばら髪になってゆらいでいる。それが黒い藻のように見えたのだ。

「あの男は……！」

長五郎が思わず驚声を発した。

「松蔵じゃありやせんね」

「すると、文七って野郎ですかい」

「おそらく」

伊三郎は岩畳の縁にかがみ込んで、滝壺に浮き沈みしている男の死体を凝視した。死体は仰向けに浮いている。首筋に刃物で切られたような深い切り傷があった。歳のころは二十七、八。背は五尺一寸（約百五十四センチ）ぐらい、色が浅黒く、細面《ほそおもて》で眉が薄い。手配書に記されていた「源助」という男の人相とぴったり一致した。

「あの仏《ほとけ》は三人組のひとり、源助って男でござんすよ」

「じゃ、松蔵が源助を……？」

「さァ」

伊三郎は小首をかしげた。源助を行基の滝に呼びだしたのは松蔵である。下手人は松蔵以外に考えられないのだが、伊三郎の胸中にはなぜか割り切れないものがあった。

「そうか」

ふいに長五郎が手を拍《う》って、

「松蔵は欲を出しやがったんですよ。仲間を殺して天城の山に埋めた金を独り占めにしようと企んだにちがいありやせん」

「それにしちゃどうも腑《ふ》に落ちねえことが――」

「といやすと？」

「金を独り占めにするつもりなら、仲間が到着する前に一人で金を掘り起こすこともできたはずですぜ」

「なるほど……」

　いわれてみれば確かにそのとおりである。松蔵は長五郎の義母・お藤を殺して所持金を奪っている。その金で月ガ瀬の湯宿に当宿した。月ガ瀬から天城の山までは半日の距離である。すぐ手の届くところに千両の金が眠っていた。その気になれば仲間を出し抜いて、千両の金を手に入れることができたはずなのである。そう考えると、金を独り占めにするために源助を殺したという理屈は成り立たなくなるのだ。

「けど……」

　釈然とせぬ顔で、長五郎はふたたび滝壺に浮いている源助の死体に目をもどした。

　現実に源助は殺されたのである。下手人が松蔵であることも明白だった。金を独り占めにするために殺したのでないとするなら、ほかに一体どんな理由が考えられるのか。長五郎の目はそう問いかけていた。

「ひょっとしたら、これには何かからくりがあるのかもしれやせんぜ」

伊三郎がいった。

「からくり？」

「松蔵の名を騙った別人の仕業じゃねえかと」

「まさか……！」

長五郎は虚をつかれたような顔になった。伊三郎はゆっくり立ち上がり、草地のほうに向かって歩きはじめた。長五郎もあとにつく。

「半兵衛一家に追われている松蔵が、湯守の杢兵衛に本名を名乗るってのも解《げ》せねえ話でござんすよ」

「本名を名乗らなきゃ、源助に怪しまれると思ったんじゃねえでしょうか」

「その理屈も通らねえでしょう」

「え？」

「源助をおびき出すつもりなら、何もわざわざ杢兵衛に言伝てを頼まなくても、じかに源助に会って宿から連れ出せば、それですむことなんですぜ」

明快な答えだった。『萬屋』の使用人たちは、松蔵と源助の正体を知らないのだ。堂々と『萬屋』を訪ねていって源助に面会を申し込んでも、誰も怪しむ者はいないだろう。

　ではなぜ松蔵と名乗る男は、わざわざ湯守の杢兵衛に言伝てを託して姿を消したのか。その理由は一つしか考えられなかった。直接源助に会えば別人であることが露見してしまうからである。

「すると、松蔵の名を騙った男ってのは？」

「あっしにもさっぱり見当がつきやせん。ただ一つだけ確かなことは……」

　いいながら、伊三郎はけもの道を登りはじめた。

「その男が松蔵や源助の素性を知っていたということでござんす」

「つまり、勘蔵一家や半兵衛一家とは別に、三人組をつけねらってるやつがいるということですかい」

「そういうことになりやすね」

　二人の会話はそこで途切れた。急勾配のけもの道を黙々と登ってゆく。長五郎の息づかいが荒くなった。二人がようやくけもの道を登り切ったとき、山道の中腹に忽然として三人の男が姿を現した。

　三人とも茶縞の着流しに鉄紺《てっこん》色の半纏《はんてん》、腰に長脇差を落としている。その装《な》りを見てすぐに半兵衛一家の身内とわかった。長五郎の手が道中差しの柄にかかった。それを制して伊三郎は一歩前に踏み出した。

「手前《てめえ》たち、何を嗅《か》ぎまわってやがるんだ！」

胴間声《どうまごえ》を発したのは、相撲《すもう》取りのように図体《ずうたい》の大きな男だった。

「見たとおり、あっしらは旅中《たびちゅう》の者でござんすよ」

伊三郎が抑揚のない低い声で応えた。

「とぼけるんじゃねえ。手前《てめえ》たちのことは『萬屋』の湯守の爺《じじい》から聞いたぜ」

『萬屋』に文七と名乗る不審な男が当宿しているという情報は、すでに半兵衛一家にも伝わっていたのである。伊三郎と長五郎が立ち去ったあと、入れ違いに『萬屋』を訪ねた三人は、湯守の杢兵衛から話を聞き出してこの場所に駆けつけてきたのだ。

「松蔵と源助はどこにいるんだ？」

「一人は滝壺に浮いておりやすよ」

「なにいッ」

「死体でね」

「だ、誰が殺《や》りやがったんだ！」

「あっしの知ったことじゃござんせん。先を急ぐんで道をあけておくんなさい」

「そうはいかねえ！」

　ざざっと三人が横に広がって、道をふさいだ。

「手めえたち、いってえ何を探ろうとしてたんだ」

「やかましいやい！」

　長五郎が怒鳴り返した。

「何をしてようと、おれたちの勝手じゃねえか！」

「おい、若僧」

　大男が凄い目で長五郎をにらみつけた。

「おれたちは半兵衛一家の身内なんだぜ。口の利き方に気をつけるんだな」

「てやんでえ。田舎《いなか》やくざに口の利き方も屁のこき方もあるもんかい。くやしかったらかかってきやがれ」

「ぬかしたな、小僧！」

　三人がいっせいに長脇差を引き抜いた。

「やっちめえ！」

「おう」

　と雄叫《おたけ》びを上げて、二人が斬りかかってきた。その瞬間、一人が悲鳴を上げて棒立ちになった。伊三郎の長脇差が男の腹を横一文字に切り裂いたのだ。いつ抜き放ったのかわからぬほどの速さだった。男は信じられぬような顔で斜めに泳いだ。

もう一人が長五郎と激しく斬り合っている。

「野郎！」

大男が長脇差を脇構えにして突進してきた。文字どおり猪突猛進の勢いである。突き出された切っ先が伊三郎の眼前に迫った。間一髪それをかわすと、伊三郎は腰をひねって長脇差を下から薙《な》ぎ上げた。鈍い手応えがあった。

「ぎえッ」

けだもののような奇声を発して大男がのけぞった。同時に切断された首が宙を舞い、首を失った胴体が道の右側の斜面を転がり落ちていった。

背後に悲鳴を聞いて、伊三郎はすぐさま振り返った。

三人目の男の背中から切っ先が突き出ていた。長五郎が諸手《もろて》にぎりの道中差しで男の胸をつらぬいたのである。

男は両手をだらりと下げたまま硬直している。長五郎は男の腹に片足をかけて、押し倒すように道中差しを引き抜いた。どさっと音を立てて男の体が仰向けに倒れた。とどめを刺すまでかなり手こずったのだろう。長五郎の肩が大きく上下に揺れている。

伊三郎は長脇差の血ぶりをして鞘《さや》に納めると、ゆったりと背を返して歩き出した。そのうしろ姿をまぶしそうに見ながら、長五郎は口の中でぼそりとつぶやいた。

「さすが九紋竜の伊三郎さんだ。大した腕だぜ」

第四章　別れ

1

吉奈温泉の近くに住む百姓が、山菜採りの帰りに行基の滝付近の山道に転がっている三人の死体と、滝壺に浮いている源助の死体を見つけたのは、伊三郎と長五郎が立ち去ってから半刻《とき》（一時間）後の四ツ半（午前十一時）ごろだった。

それからさらに一刻（二時間）後、吉奈村の村役人の通報を受けて、真崎弥左衛門と半兵衛、そして若頭の留次郎たちが行基の滝に駆けつけてきた。源助の死体は村人たちの手ですでに滝壺から引き揚《あ》げられ、三人の身内の死体とともに筵《むしろ》をかぶせられて山道のわきの草むらに並べられてあった。

「こいつは、ひでえ！」

十手《じって》の先で筵をめくった半兵衛が、思わず顔をそむけた。首のない大男の死体である。切断された首はまだ見つかっていなかった。いまも村の者が手分けして崖の斜面を探しているという。

半兵衛のかたわらで、留次郎がほかの二人の死体をのぞき込んでいた。これも無残な死体だった。一人は腹をざっくり切り裂かれ、もう一人は胸板をつらぬかれている。

源助の死体を検《あらた》めていた真崎がおもむろに顔を上げた。

「半兵衛」

「へい」

「この男は三人組のひとり、源助だ」

「源助！」

「歳恰好《としかっこう》や人相風体《ふうてい》が手配書とぴったり一致する。間違いあるまい」

真崎は険しい顔で立ち上がった。

「すると、うちの子分どもを斬ったのは……」

「盗賊一味だ。三人に追いつめられて、ここで斬り合いになったのだろう」

事件の真相を知らぬ真崎がそう考えるのも無理はなかった。盗賊一味のひとり・源助の死体が何よりも雄弁にそれを物語っている。

「下手人《げしゅにん》は松蔵と与市だ」

真崎は断定的にそういった。半兵衛は放心したように立ち上がり、筵をかけられた三人の死体にあらためて目を落としながら、沈痛な声でつぶやいた。

「この三人は身内の中でも腕の立つ連中だったんですがねえ」

「窮鼠《きゆうそ》猫を噛《か》む、という譬《たと》えもある。追い詰められた一味が死に物狂いで三人に襲いかかったに違いない。……留次郎」

「へい」

留次郎が腰を上げた。

「三人の死体をねんごろに葬《ほうむ》ってやるんだな」

「かしこまりやした」

留次郎はぺこりと頭を下げて、背後に控えている二人の子分に死体を運ぶための戸板を探してくるよう命じた。

「じゃ、あとは頼んだぜ」

いいおいて、半兵衛と真崎はその場を立ち去った。山道を下りて吉奈温泉の近くにさしかかったところで、真崎がふとけげんそうに口を開いた。

「どうも腑《ふ》に落ちぬことがある」

「何か？」

「やつらは天城に向かわずに、なぜこんな山の中をうろついていたのだ？」

「湯ガ島までの街道筋は、うちの子分どもががっちり固めておりやすからねえ。抜け道を探していたんじゃねえでしょうか」

「だとすれば無駄なことだ。ここから天城に抜ける道はない」

「他所者《よそもの》にはわからねえんですよ。このあたりの山に分け入ったら、地元の猟師でさえ迷うといいやすからねえ。そのうち道に迷って命からがら下りてくるでしょうよ」

薄笑いを浮かべて、半兵衛はそういった。

「不審な二人連れを見かけたら、すぐ知らせるように村触れを出しておくことだな」

「へい」

なだらかな坂道がやがて平坦な道に変わった。道の右手に見えていた吉奈川の急流も、ゆったりとした流れに変わっている。

吉奈川と狩野川の合流地点にさしかかったとき、先を歩いていた真崎が急に足をゆるめて前方に目をやった。狩野川の河畔の道を小走りにやってくる人影があった。

焦げ茶の羽織《はおり》に銀鼠《ぎんねず》色の小袖《こそで》を着た四十がらみの男である。修善寺の湯宿『常磐屋』の番頭・治兵衛《じへえ》だった。二人の姿を見て、治兵衛はまっしぐらに駆け寄ってきた。

「治兵衛か、どうした?」

立ち止まって、真崎はいぶかるように治兵衛を見た。

「す、杉江さまが……」

かすれ声でそういうと、治兵衛は荒い息をつきながら、

「捕《と》り方《かた》を六人ほど引き連れて、達磨《だるま》山に向かっております」

「捕り方を引き連れて?」

寝耳に水だった。六人もの捕り方を出動させるとなると、手附《てつけ》元締めの裁可《さいか》が必要になる。だが、杉江久馬から捕り物出役《しゅつやく》の裁可願いが出されたという話は、まったく聞いていなかった。願いが出ていれば、事前に真崎の耳にも入るはずである。

抜き打ちの出役なのか、それとも杉江久馬が独断で行動を起こしたのか。

いずれにせよ、山方《やまかた》の手代《てだい》が六人の捕り方をひきいて捕り物出役に向かうというのは、きわめて異例のことだった。

「わからんな。杉江のねらいは一体何なのだ？」

「炭焼き小屋への手入れではないかと、手前どもの主人はそう申しておりましたが」

「――そうか」

真崎の目に険悪な光がよぎった。

「杉江のやつ、そこまでやるつもりか」

上修善寺村の西南二里（約八キロ）に、達磨山と呼ばれる山がそびえ立っている。

三百二十四丈（標高九百八十二メートル）の火山である。山頂の西側の爆裂火口周辺には箱根竹《はこねだけ》が生い茂り、山腹はうっそうとした原生林でおおわれているため、見た目にはふつうの山と変わらなかった。現在は山の東側に西伊豆スカイラインが通っている。

その達磨山の中腹《ちゅうふく》に、三代にわたって炭焼きを営む作次郎《さくじろう》という男が住んでいた。

歳は四十二。天城炭の請負人たちの顔役的存在で、祖父が伐《き》り開いた土地に炭焼き窯《がま》を三つ所有し、炭焼き職人を七、八人抱えていた。

作次郎の祖父・庄右衛門《しょうえもん》は紀州尾鷲《おわせ》（三重県）の出で、安永《あんえい》三年（一七七四）に紀州備長炭《びんちょうたん》の技術をはじめて伊豆に伝えた人物である。

天城には移住後、庄右衛門は幕府直轄の御用林から九禁制木《きんせいぼく》（槻《つき》・松・杉・檜《ひのき》・栢《かや》・栂《つが》・樅《もみ》・樫《かし》・楠《くすのき》）以外の雑木を伐り出す許可を得て、本格的な炭の生産に乗り出した。それが「天城の堅炭」の濫觴《らんしょう》とされている。

以来、幕府は請負制を導入し、天城の村人たちから運上金《うんじょうきん》を徴収して炭を焼く権利を与え、檜や杉の苗を植え付けさせて御用林の管理に当たらせた。その結果、天城炭の生産量は飛躍的に増加し、わさびや椎茸《しいたけ》と並んで伊豆の主産物の一つとなったのである。

記録によると、天城炭の年間の生産高は正炭《せいたん》が十万俵、粉炭《こなずみ》が一万五千俵、売り上げ高は五千三百十六両に上ったという。

しかし炭の生産量が増加するにつれて、さまざまな弊害も生じはじめた。かぎられた請負人だけで炭を焼く権利を独占していたために、原木の乱伐《らんばつ》や請負をめぐる争い、炭の不正売買があとを絶たなかったのである。

達磨山の作次郎も、じつは炭の不正取り引きに手を染めている一人だった。作次郎の炭焼き窯では天城炭の総生産高のおよそ二割を焼き出していた。年間に納める運上金もかなりの額に上る。それを免《まぬか》れるために『常磐屋』の平右衛門と結託して炭の不正売買を行っていたのである。

そうした噂は、以前から天城の村人たちのあいだでもひそかにささやかれていたし、すでに杉江久馬の耳にも入っていたが、不正売買の事実を裏付けるたしかな証拠は何もなかった。炭の不正取り引きは、炭焼き窯から直接仲買人（木宿《きじゆく》）に炭が引き渡されるため、いっさい証拠が残らないのである。もちろん取り引き証文や帳簿などもない。すべてが暗黙のうちに行われているのだ。文字どおり闇の取り引きである。

それを摘発するには地道に監視をつづけ、横流しの現場を押さえるしか方策はない。そう思って内偵をはじめた矢先、上修善寺村近くの間道で五人の人足に襲われるという事件が起きたのである。

その五人が『常磐屋』の木宿の人足であることや、置き去りにされた荷車に作次郎の窯から焼き出された炭が積んであったことも、その後の調べでわかった。

――このまま野放しにしておくわけにはいかぬ。

杉江久馬は、小者《こもの》の市兵衛と六人の捕り方をひきいて達磨山に向かった。

久馬は塗笠《ぬりがさ》をかぶり、ぶっさき羽織に野袴《のばかま》。市兵衛は菅《すげ》の一文字笠《いちもんじがさ》に筒袖《つつそで》、浅《あさ》黄《ぎ》の股引《ももひ》きという、いつものいでだちである。六人の捕り方はいずれも鉢巻きに襷《たすき》がけ、籠手《こて》脛当《すねあて》の物々しい身固めで、手に手に掛矢《かけや》（大槌《おおづち》）を持っている。

「こ、これは一体、何事でごぜえやすか！」

突然現れた捕り方の一団に、作次郎は度肝《どぎも》を抜かれた。炭焼き窯の前で立ち働いていた職人たちが、おろおろと作業小屋のほうへ立ち去っていった。

「きのうの一件、おまえも知っているはずだ」

「きのうの一件？　さて、何のことやら手前にはさっぱり……」

作次郎はしたたかに首を振ってみせた。色が黒く、骨太のがっしりした体つきをしている。炭焼きというより猟師のように猛々《たけだけ》しい男である。

「知らぬとはいわせんぞ。『常磐屋』の木宿に炭を横流ししていたことはすでにわかっているのだ」

「め、めっそうもごぜえやせん。手前にはまったく覚えのねえことでごぜえやす」

「控えろ、作次郎」

久馬が一喝《いっかつ》した。

「嫌疑は明々白々《めいめいはくはく》だ。よって沙汰《さた》を申し渡す」

「ご沙汰！」

「向こう一年、炭の焼き出しを停止《ちょうじ》、過料《かりょう》十両を申しつける」

「そ、そんな理不尽な！　一体何の証拠があってそのようなことを！」

「証拠だと？」

「証拠がなけりゃ、ただのいいがかりにすぎやせん。手前は断じて承服しかねやす」

開き直るような笑みを浮かべて、作次郎はそういった。

「あくまでも白《しら》を切り通すつもりか」

「お役人さまが何とおっしゃられようと、手前どもにはまったく身に覚えのねえことでごぜえます。理不尽なご沙汰《さた》には応じられやせん」

「ならば致し方あるまい。市兵衛」

久馬は背後を振り返ってあごをしゃくった。それを合図に六人の捕り方たちが、掛矢を振りかざしていっせいに炭焼き窯に突進した。

「な、何をなさいますだ！」

「当分炭が焼けぬように、炭焼き窯を打ち壊す」

「そ、そんな！」

仰天する作次郎を尻目に、六人の捕り方たちが土で固められた炭焼き窯に掛矢を撃ち込みはじめた。ドカーン、ドカーンと凄《すさ》まじい破砕音がひびき、窯の中の灰や土埃《つちぼこり》が煙のようにもうもうと舞い上がった。

「や、やめてくだせえ！　お願いですからやめてくだせえ！」

さすがに作次郎は悲鳴を上げた。

「素直に沙汰に従えばやめてやる」

「わ、わかりやした。お役人さまのご沙汰、つつしんでお受けいたしやす」

「口先だけでは信用できぬ。念書をしたためてもらおうか」

「は、はい、ただいま」

作次郎は蹌踉《そうろう》と雑木林の奥の母屋《おもや》に走り去り、爪印《つめいん》を押した念書を持ってふたたびもどってきた。それを無造作に受け取って懐中にしまい込むと、過料の十両は後日取りにくるといい残し、市兵衛や捕り方たちをうながして、久馬は意気揚々と引き揚げていった。

2

長い山道を下りて上修善寺村に近い間道に出たところで、先を歩いていた杉江久馬がふと足を止めて背後の市兵衛を振り返り、

「わたしは実家に立ち寄っていく。おまえたちは先に役所にもどってくれ」

そういいおいて、間道の左手の野道に足を向けた。

そこから上修善寺村までは、半里（約二キロ）ほどの距離である。広い野原のあちこちに田畑や雑木の疎林が点在している。その奥に峰を連ねる伊豆の山々が見えた。

野道のわきに小川が流れている。

せせらぎに春の陽差しがはじけて、きらきらと光っている。

子供のころ、久馬は弟の久次郎と妹のお弓を連れて、よくこの小川で魚獲りや芹摘《せりつ》みをしたものである。当時はここへくるまでかなりの距離を歩いたような気がしたが、大人になってみると実家からさほど遠い距離ではなかった。

野道を歩きながら、久馬はふと思い出したようにふところに手を入れ、作次郎がしたためた念書を取り出して視線を走らせた。それには『常磐屋』と手を組んで炭の横流しをしていた罪を認め、向こう一年炭焼きを差し控えるという一文が、ミミズが這《は》ったような拙劣《せつれつ》な文字で記されてあった。作次郎の爪印も押されている。この念書を『常磐屋』の平右衛門に突きつければ、平右衛門もいい逃《のが》れはできぬだろう。

（一罰百戒《いちばつひやっかい》だ）

作次郎と平右衛門を罰することによって、ほかの炭焼き人たちの戒《いまし》めになればと思いながら、久馬は念書を二つに折ってふたたびふところにしまい込んだ。

ほどなく前方にこんもり茂る杉林が見えた。その杉林を抜けると、上修善寺村までは須臾《しゅゆ》の距離である。久馬は歩度を速めて杉林の中に足を踏み入れた。

幹の太さ二間（約三・六メートル）、樹高三丈（約九メートル）はあろうかという杉の老樹が野道の両側に立ち並び、うっそうと生《お》い茂る葉が陽差しを閉ざしている。

林の中は夕暮れのように薄昏《うすぐら》く、空気もひんやりと冷たかった。

杉林の中ほどまで歩を進めたとき、前方から二人の男が足早にやってきた。真崎弥左衛門と半兵衛である。

「真崎さま」

久馬は足を止めて、けげんそうに二人を見た。真崎と半兵衛も立ち止まった。

「おぬし、捕り方をひきいて達磨山に向かったそうだな」

「はい、作次郎に吟味の筋がございまして」

目上の真崎に対して、久馬はあくまでも丁重に、しかし毅然《きぜん》とした口調で応《こた》えた。真崎の目にぎらりと剣呑《けんのん》な光がよぎった。

「誰の許可を得た？」

「わたしの独断でございます。炭の不正売買の咎《とが》で作次郎に沙汰を下しました。この通り――」

ふところから念書を取り出して、真崎に差し出した。

「念書もございます」

受け取って文面に素早く目を走らせると、真崎はやおら念書を千々《ちぢ》に引き裂いて投げ捨てた。久馬の顔に驚愕《きようがく》が奔《はし》った。

「な、何をなさるんですか！」

「おぬしは少々出しゃばりすぎたようだな」

せせら笑いながら、真崎は刀の柄《つか》に手をかけた。半兵衛も腰の十手《じつて》を引き抜いている。

「ま、まさか！」

「出る杭《くい》は打たれると申す。気の毒だが死んでもらおう」

「お、お待ちください！　わたしに一体どんな落ち度があると――」

「まだわからねえんですかい、杉江さん」

半兵衛が酷薄《こくはく》な笑みを浮かべた。

「おめえさんにしゃしゃり出られると困る男がいるんですよ」

「そうか……」

久馬の表情が驚きから怒りに変わった。

「『常磐屋』の差し金だったか」

「久馬」

真崎がずいと歩を踏み出して、

「職務に忠実なのは結構だが、おぬしは世間というものを知らなすぎた。清廉高潔《せいれんこうけつ》だけでは世の中は渡っていけんのだ。水清ければ魚棲《うおす》まずと申すからな」

いいながら、おもむろに刀を抜き放った。

「卑劣な！」

叫ぶと同時に、久馬も抜刀した。

「汚れているのは世間ではない。真崎さん、あんたの心ですよ！　あんたの性根が腐っているんです！」

「………………」

真崎は無言。刀を中段に構えてじりじりと前進する。久馬は後ずさりしながら右八双に構えた。剣尖《けんさき》がわずかに揺れている。心の乱れがそれに表れていた。

剣には「位《くらい》」というものがある。剣の技を磨くことでおのずから身に備わった自信・自負・気迫といったものである。その「位」によって、無言のうちに相手を圧倒することが「位勝ち」であり、押されて後退し、意のままに打ちかかれないのが「位負け」である。

もとより久馬は人を斬ったことがない。子供のころ父親から型だけを学んだ剣である。刀を構えた時点ですでに真崎に「位負け」していた。

「久馬、剣尖《けんせん》が乱れているぞ」

「………………」

「その腕でわしに勝てると思うか」

久馬の体は緊張と恐怖で石のように固まっている。

真崎は挑発するように刀を上下に振りながら、摺《す》り足で間合いを詰めてゆく。

息の詰まるような両者の対峙《たいじ》を、半兵衛は固唾《かたず》を呑んで見守っている。

真崎の右足《うそく》が一足一刀の間境を越えた。その刹那《せつな》、

「とうッ」

裂帛《れっぱく》の気合を発して斬り込んできたのは、久馬だった。だが、その一刀は真崎の思う壺《つぼ》であった。久馬を挑発し、先に打たせて逆に打ち返す――剣法でいう「後《ご》の先《せん》」を取る作戦だったのだ。

久馬はまんまと術中にはまった。斬り込んだ瞬間、真崎は横に跳んでいた。久馬の切っ先は大きく空を切り、上体が伸び上がったところへ、一歩踏み込んだ真崎が刀を水平に走らせた。久馬の体がぐらりと揺らいだ。脇腹にえぐられたような深い傷が走り、おびただしい血が噴き出した。それでも久馬は倒れなかった。右手に持った刀を地面に突き立て、必死に体を支えながら火を噴くような目で真崎をにらみつけた。

「何かいい残すことでもあるのか？」

冷然と見返しながら、真崎は刀の血ぶりをして鞘《さや》に納めた。

「………」

久馬の口がわなわなと震えている。何かを訴えるような表情である。だが、声は出なかった。絞り出すような息づかいだけが洩れている。脇腹から噴き出した血が野袴をつたって足元に流れ落ち、野道に血溜まりを作った。半兵衛がつかつかと歩み寄り、

「とっとくたばりやがれ！」

罵倒《ばとう》するなり、久馬の腰を思い切り蹴り上げた。たまらず久馬は横ざまに倒れ伏した。全身が激しく痙攣《けいれん》している。苦悶《くもん》に身をよじらせながら、ほどなく絶命した。

真崎は久馬の死骸に冷やかな一瞥《いちべつ》をくれると、

「これで『常磐屋』への義理は果たした。行くぞ、半兵衛」

とあごをしゃくって、ゆったり背を返した。

伊三郎と長五郎は、行基の滝付近で半兵衛一家の身内三人を斬ったあと、松蔵の行方を探すために狩野川の西に点在する差村《さしむら》を聞き込みに歩いていた。

半兵衛一家に追われている松蔵が、人目につきやすい温泉場を避けて差村の木

賃宿や兼業の安宿に身を隠している可能性が高いとみたからである。

二人は狩野川沿いを北上しながら青羽根、本柿木、松ガ瀬、大平《おおだいら》などの差村を半日かけて聞き込みに歩いたが、これといった手がかりは得られなかった。

心なしか二人の足取りは重かった。陽が大きく西にかたむき、路上に映った二つの影が長く延びている。時刻は七ツ(午後四時)ごろだろうか。もう修善寺は目の前だった。

「伊三郎さん」

長五郎が先を歩く伊三郎の背中に声をかけた。

「今日はこのへんで切り上げやしょうか」

「長五郎さんは、今夜も修善寺泊まりですかい」

「へい」

「じゃ、ゆうべの煮売《にうり》屋で一杯やって別れやしょう」

そういうと、伊三郎は長五郎に背を向けたまま足を速めた。

ほどなく桂川のほとりの道に出た。夕日が川面《かわも》を赤々と染めている。

立ち込める湯煙の奥に、修善寺の湯宿の家並みが見えた。

〝独鈷の湯〟の石段の上の篝火《かがりび》にはすでに火が入れられて、夕食前に湯浴みを楽しむ湯治《とうじ》客たちがひっきりなしに石段を上り下りしている。

伊三郎と長五郎は、桂川に架かる小さな木橋を渡って温泉場に足を向けた。

そのとき、路地から小走りに飛び出してきた初老の男を見て、長五郎が思わず足を止めた。男は杉江久馬に扈従《こじゅう》していた小者の市兵衛だった。

「市兵衛さん」

長五郎が声をかけると、市兵衛は驚いたように振り返った。

「長五郎どの！」

「何かあったんですかい？」

「大変なことになりました」

悲痛な表情で市兵衛がいった。

「杉江さまがお亡くなりになったそうで」

「ええッ！」

長五郎の顔に驚愕が奔った。

「たったいま知らせを受けたばかりで、手前もくわしいことは存じません。これから杉江さまのお屋敷にうかがおうかと」

「じゃ、おいらも一緒に——」

といって、長五郎は伊三郎を見た。

「伊三郎さん、お聞きのとおりでござんす。一っ走《ひとぱし》り杉江さんのお屋敷に行ってきやすんで、申しわけありやせんが、伊三郎さんは先に帰っておくんなさい」

「あっしもお供しやしょうか」

「いえ、伊三郎さんには関わりのねえことですから。……明日、またお会いいたしやしょう」

ぺこりと頭を下げると、長五郎は市兵衛をうながして走り去った。

修善寺から上修善寺村までは、歩いて半刻とかからない距離である。

七ツ半（午後五時）ごろ、長五郎と市兵衛は杉江の屋敷に着いた。すでに陽は没していたが、西の空にはまだほんのりと残照がにじんでいた。

弔問にきた村役人や百姓代たちが屋敷の門を出入りしている。玄関に入ると、弟の久次郎が沈痛な表情で二人を迎え入れ、奥の居間に案内した。

部屋の一隅に簡素な祭壇がしつらえられ、野花と線香が手向《たむ》けられてあった。

久馬の亡骸《なきがら》は部屋の奥の布団に横たわっていた。顔には白布がかけられてお り、そのかたわらに喪服姿のお弓が放心したように座っていた。長五郎と市兵衛の姿を見ると、お弓は我に返ったように顔をあげて、

「わざわざ、お運びいただきまして……、ありがとう存じます」

声を震わせながら、二人に礼をいった。これまでに散々泣き明かしたのだろう。目が赤く充血している。市兵衛が何かいいかけたとき、弔問客を送り出した久次郎がもどってきて、二人の前にどかりと腰を据えた。兄の久馬に比べると、弟の久次郎はやや顔の輪郭が角張り、たくましい顔つきをしている。

「久馬さまの身に一体何が……?」

いまにも泣き出しそうな顔で、市兵衛が問いかけた。

「兄者は何者かに殺されたのだ」

久次郎の顔は憤怒《ふんぬ》で真っ赤に紅潮している。

「こ、殺された!」

「右の脾腹《ひばら》が一太刀《ひとたち》で切り裂かれていた」

久馬の死骸を発見したのは、杉林に粗朶《そだ》を拾いに行った村人の女房だった。

知らせを受けて久次郎は現場に急行した。杉林の中の野道のわきの草むらに久馬の死体が転がっていた。目をそむけたくなるような無残な死骸だった。右の脇腹が深々と切り裂かれ、白いはらわたが飛び出していた。死体のまわりは血の海だった。下手人と斬り合いをしたらしく、右手にはしっかり刀をにぎっていた。

「相手は侍に違いない。それもかなりの手練《てだれ》だ」

久次郎がうめくようにいった。しばらく重苦しい沈黙がつづいた。

長五郎は祭壇に膝《ひざ》を進めて線香を手向けた。久馬の遺体には真新しい着物が着せられている。ふと長五郎の脳裏にきのうの事件がよぎった。五人の荒くれどもと斬り合った事件である。その五人は『常磐屋』の木宿の人足だと杉江久馬はいっていた。

「ひょっとすると……」

長五郎がぼそりといった。

「下手人は『常磐屋』の手の者かもしれやせんぜ」

「間違いございません。黒幕は『常磐屋』の平右衛門です」

市兵衛がきっぱりと応えた。そして怒りを抑えるように声をやや落として、

「今朝方、手前は久馬さまに同道して達磨山の作次郎の炭焼き小屋に踏み込みました。おそらく『常磐屋』は事前にそのことを知ったのでしょう。それで久馬さまの帰りを待ち伏せして――」

急に声をつまらせて、市兵衛は悄然《しょうぜん》とうつむいた。あらためて怒りと悲しみが込み上げてきたのだろう。膝の上に置いた両の拳《こぶし》がぶるぶると震えている。

「だがな、市兵衛」

と久次郎が無念そうに首を振りながら、

「それを裏付ける確かな証拠は何もないのだ」

「証拠といえば……」

ふっと市兵衛が顔を上げた。

「久馬さまは作次郎に書かせた念書をお持ちだったはずですが」

「念書？　いや、兄の着衣や所持品を調べたが、そのようなものはなかったぞ。身につけていたのは御勘定奉行《ごかんじょうぶぎょう》から下された手代心得だけだった」

「なかった？　……とすると……」

「下手人が持ち去ったのであろう」

「…………」

市兵衛は絶句した。明らかな証拠隠滅である。

「証拠がなければ手の打ちようがない。いまごろ『常磐屋』平右衛門と作次郎は高笑いしているだろうな」

「汚ねえ！」

吐き捨てるように長五郎がいった。

「何から何まで、やり口が汚すぎやすぜ」

「残念だが――」

久次郎が苦渋の表情でいった。

「わたしの力ではどうすることもできぬ。明日の朝、韮山の代官所に出向いて事件の子細を報じた上、公事方に下手人の探索を請願するつもりだ。すまんが市兵衛、一緒についてきてくれぬか」

「かしこまりました」

「何かお手伝いすることはねえでしょうか」

と長五郎がいうと、久次郎はかぶりを振って、

「長五郎どのにはいろいろお世話になりました。これ以上ご迷惑をおかけするわけにはまいりません。手前どもにお気づかいなく、どうぞお引き取りくだされ」

「じゃ、おいらはこれで失礼いたしやす。お弓さん」

遺体のかたわらに端座しているお弓に目を向けた。お弓が顔を上げて見返した。

「お力落としのねえように」

「ご丁寧《ていねい》にありがとうございます」

お弓が深々と頭を下げた。

3

日がとっぷり暮れていた。

薄い夕闇が四辺の景色を墨色に染めている。

まばらに点在する人家の窓には、もう明かりがにじんでいた。

細い一本道が夕闇の奥にどこまでもつづいている。

長五郎はやり切れぬ表情で黙々と歩いていた。杉江久馬の死に対して感傷的な思いは何もなかった。ただ無性《むしょう》に腹が立っていた。

──許せねえ。

胸に熱いものがたぎっている。一度怒りを覚えると自制心が利かなくなるのが、この男の生まれ持った性格である。よくいえば義俠心《ぎきょうしん》に熱い熱血漢、悪くいえば直情径行《ちょくじょうけいこう》の暴れ者。とにかく子供のころから曲がったことや筋の通らぬこと、人の道に反すること、不人情なことが大嫌いだった。

『常磐屋』は炭の不正売買の発覚を恐れて、杉江久馬を抹殺《まっさつ》したのである。

これこそ没義道《もぎどう》のきわみではないか。

「許せねえ」

長五郎は同じ言葉を、今度は声に出して吐き捨てた。

――『常磐屋』を叩《たた》っ斬《き》ってやる。

誰のためにではなく、おのれのためにやらなければならない。ここで『常磐屋』の悪事を見過ごしたら男がすたる。たぎり立つ血が長五郎を突き動かしていた。

いつの間にか夕闇が宵闇に変わっていた。

蒼《あお》い闇の向こうに修善寺の湯宿の明かりが揺らめいている。長五郎は菅笠のふちをグイと引き下げ、湯宿の明かりを目指して決然と歩を速めた。

夕食時のせいか、桂川の河畔の道を行き交う人影はなかった。建ち並ぶ湯宿の窓には煌々《こうこう》と明かりがともり、中から湯治《とうじ》客たちのにぎやかな声が聞こえてくる。

長五郎は『常磐屋』の前で足を止め、入り口の土間で客の履物《はきもの》を片づけている下足番《げそくばん》らしき初老の男に声をかけた。

「ちょいと訊ねるが」

「へい」

男が顔を上げた。

「旦那はいるかい？」

「裏の離れにいると思いますが」

「一人かい」

「いえ、作次郎さんと一緒です」

長五郎を怪しむふうもなく、男は愛想《あいそ》よく応えた。作次郎が達磨山の炭焼きの名であることは、市兵衛から聞いて知っていた。男に礼をいって、長五郎は宿の裏手に廻った。

宿と離れは垣根つづきになっており、奥に網代門《あじろ》があった。門から離れの玄関までは、小砂利を敷きつめた小径《こみち》がつづいている。建物は茅《かや》葺き屋根の寄棟《よせむね》造りで、離れというより草庵《そうあん》を思わせるたたずまいである。

そっと玄関に入ると、長五郎は草鞋《わらじ》ばきのまま廊下に上がり込んだ。奥の部屋からかすかに明かりが洩れ、男の話し声が聞こえてきた。忍び足で廊下の奥に歩を進めながら、長五郎は聞き耳を立てた。

「杉江とかいう役人に踏み込まれたときは、さすがに手前も肝をつぶしやしたよ」

男のしゃがれ声が聞こえた。達磨山の作次郎の声である。

「捕り方を六人も引き連れていたそうですね」

この声は『常磐屋』のあるじ・平右衛門だった。

「へえ。窯はぶち壊されるわ、念書は取られるわ、踏んだり蹴ったりでごぜえやした」

「それは散々でしたな。しかし、もう心配にはおよびません。これで心おきなく商いがつづけられます。作次さん、今後ともよろしくお願いしますよ」

「こちらこそ、よろしくお引き廻しのほどを」

そこで二人の声がぷつりと途切れ、盃の触れ合う音が聞こえた。どうやら酒を酌み交わしているようだ。長五郎は襖《ふすま》の引手に手をかけて一気に開け放った。

「な、何だい！　おまえさんは」

不意の侵入者に度肝を抜かれ、平右衛門は大声を張り上げた。

「『常磐屋』、おめえは悪い野郎だぜ」

「ひ、人の家に勝手に上がり込んで、何をいい出すんだい！」

「杉江久馬さんの仇《あだ》討ちだ。死んでもらうぜ」

いうなり、長五郎は道中差しを抜き放った。

「ひえッ！」

悲鳴を上げて、平右衛門と作次郎は一間（約一・八メートル）ほどうしろに跳びすさった。はずみで二つの膳が倒れ、徳利《とっくり》や小鉢が畳の上に散乱した。

「ひ、人殺し！　だ、誰かきておくれ！」

わめきながら、障子を引き開けて庭に飛び出そうとする平右衛門の背中に、長五郎の道中差しが叩きつけられた。着物が縦に裂けて赤い筋が奔った。平右衛門が絶叫した。背中から血を噴き出しながら、平右衛門は障子を突き破って庭に転落した。

長五郎はすぐさま体を反転させた。作次郎が四つんばいになって廊下に逃げ出そうとしている。長五郎は道中差しを逆手《さかて》に持ち替えて大きく跳躍した。その足が畳につく前に道中差しの切っ先が作次郎の背中をつらぬいていた。

「ぎえーッ」

断末魔の叫びを上げて、作次郎は絶命した。

そのとき庭の奥におびただしい足音がひびいた。悲鳴を聞きつけて奉公人たちが駆けつけてきたのだろう。長五郎は身をひるがえして部屋を飛び出した。

「旦那さま！」

「お、お役人を、誰かお役人を呼んできておくれ！」

番頭の治兵衛の甲高《かんだか》い声を背中に聞きながら、長五郎は闇の奥に一目散に走り去った。

「ご馳走《ちそう》になりやした」

食べおえた飯茶碗を静かに膳の上に置くと、伊三郎はかたわらに座している給仕の若い者に丁重に頭を下げた。

「お粗末さまでござんした」

礼を返して、若い者は手ぎわよく膳を片付けはじめた。作法どおり茶碗の飯は一粒も残されていないし、汁椀《しるわん》も菜の器《うつわ》や小鉢もきれいに空になっていた。若い者が煙草盆を差し出して膳を運び去ると、入れ違いに代貸の清之助が入ってきた。

「伊三郎さん、お客人がお見えでござんすよ」

「客人？」

「駿州の長五郎さんとおっしゃる若いお人で」

「ああ、表に待たせておいておくんなさい」

そういって伊三郎は腰を上げた。

勘蔵一家とは縁もゆかりもない長五郎を、勝手に家の中に招じ入れるわけにはいかなかった。見知らぬ者を家に入れる場合は、貸元の勘蔵に事情を説明して許しを得なければならないのである。それが面倒だったし、病身の勘蔵にわずらわしい思いをさせるのも気が引けるので、表で会うことにしたのだ。

長五郎は戸口に立っていた。菅笠をはずし、右手に持った道中差しを背後に隠して中腰で立っている。道中差しを隠すのは、一家に敵意のないことを示すための作法である。

「長五郎さん、どうしたんですかい？　こんな時分に」

いぶかるように伊三郎が声をかけると、長五郎は中腰のまま数歩後ずさって、

「伊三郎さんとは短いご縁でござんしたが、本日この場をもってお別れさせていただきやす」

「清水にもどるんですかい？」

「いえ、このまま急ぎ旅に出るつもりでござんす」

「急ぎ旅？」

「たったいま人を斬ってめえりやした」

長五郎は表情を固くして、杉江久馬が『常磐屋』の手の者に殺されたことや、久馬の無念を晴らすために『常磐屋』の離れで平右衛門と炭焼きの作次郎を斬ってきたことを、やや昂《たかぶ》った口調で話した。乱暴といえば乱暴な話だが、しかし〝義心〟に駆られてやったことなのだから、それなりに筋は通っていると伊三郎は思った。

「松蔵のことはよろしくお頼み申しやす。伊三郎さんとはまたどこか旅の空の下でお会いすることがあるかもしれやせん。それまでどうかお達者で」

名残《なごり》惜しそうに頭を下げる長五郎に、

「長五郎さん」

と伊三郎は笑みを向けた。

「おめえさんはきっと大物になりやすよ。また会える日を楽しみにしておりやす」

「過分なお言葉、ありがとうござんす」

もう一度頭を下げたあと、長五郎はふと思い出したように、

「伊三郎さんにこんなことをお願いするのは心苦しいんですが——」

「何か？」

「これを杉江久馬さんの妹のお弓さんに届けてもらえねえでしょうか」

ふところから細い紙包みを取り出して、

「かんざしです。ゆんべ相部屋になった行商人から買ったもんで」

長五郎は照れるようにいった。

「わかりやした。届けておきやしょう」

「じゃ」

と背を返そうとすると、

「長五郎さん」

伊三郎が呼び止めた。長五郎はゆっくり振り向いた。

「旅の雲水《うんすい》の御託宣《たくせん》なんか忘れなすったほうがいいですぜ」

「雲水の御託宣？」

「あと六年しか生きられねえと……」

「ああ」

「そんな戯言《たわごと》は信じちゃいけやせん。おめえさんは長生きしやすよ」

「伊三郎さん……」

長五郎の胸に熱いものがこみ上げてきた。

「そのお言葉、しかと肝に銘《めい》じておきやす。ではごめんなすって」

くるりと背を返すと、伊三郎の視線を振り切るように走り去った。その姿が闇に消えるまで一度も振り返ることはなかった。

「急ぎ旅か……」

伊三郎はぽつりと口の中でつぶやいた。

余談だが、明治十五年（一八八二）に次郎長（長五郎）の養子になった天田五《あまだご》郎《ろう》は、自著『清水次郎長・東海遊侠伝《ゆうきょうでん》』の中で、長五郎が凶状旅に出たいきさつについて次のように記している。

「幕末は世の中の秩序が大変乱れ、代官や役人も手薄で治安を維持することができなかった。そうした時代に、長五郎が人を殺し仇《あだ》を報《むく》い、威力をふるい、豪《ごう》侠《きょう》として名を上げてゆくのもまた自然の勢いであった。（中略）任侠《にんきょう》を看板にする者は喧嘩《けんか》や殺傷を犯しても所謂《いわゆる》国を売って他国へ走れば、追われて捕らわれる心配はなかったのである」と。

ついでにいえば、長五郎が凶状旅を終えて故郷の清水にもどったのは、七年後の弘化《こうか》二年（一八四五）、二十六歳のときである。

ふと人の気配を感じて、伊三郎は背後を振り返った。戸口に清之助が立っていた。

「長五郎ってお人は、お帰りになったんで？」

「へい。急ぎ旅に出るといっておりやした」

「何か揉め事でも？」

「人を斬ったそうでござんす」

伊三郎はたったいま長五郎から聞いた話を、もれなく清之助に打ち明けた。

「なるほど、そんないきさつがあったんですかい」

清之助は眉を曇らせた。

「『常磐屋』が炭の横流しをしてたって話は、あっしらも以前からうわさに聞いておりやしたが、まさかその『常磐屋』が杉江さんを手にかけるとは……」

「長五郎さんの話によると、杉江久馬って役人は刀で腹を斬られていたそうです。『常磐屋』は腕の立つ用心棒でも雇っていたんですかい？」

「さァ、そんな話は聞いておりやせんねえ。ひょっとしたら半兵衛一家の身内の仕業かもしれやせんよ」

「半兵衛一家と『常磐屋』は親しい間柄だったんで？」

「貸元の半兵衛と『常磐屋』平右衛門の仲は、誰でも知っていることでござんすよ」

「そうですかい」

伊三郎は険しい表情で宙を見据えた。

降り注《そそ》ぐ星明かりが、地面に落ちた二人の影を青く染めている。

風もなく、おだやかな春の宵である。時折、裏山から梟《ふくろう》の鳴き声が聞こえてくる。

「あと二人でござんすね」

清之助がぽつりといった。例の押し込みの一味のことである。行基の滝で三人組の一人・源助の死体が見つかったことや、源助を殺した下手人が「松蔵」の名を騙《かた》る別人であることも、伊三郎から聞いて知っていた。だが、いまは源助殺しの下手人を詮索している場合ではない。残る松蔵と与市を一刻も早く探し出さなければならないのだ。そんな焦りが清之助の顔にありありとにじみ出ていた。

「明日、月ガ瀬の『如月屋』って湯宿を訪ねてみやすよ」

伊三郎がいった。

「湯宿を？」

「松蔵は半兵衛一家に踏み込まれたとき、身ひとつで逃げ出しておりやす」

その直後、伊三郎は狩野川の河畔の道で松蔵と出くわしている。あわてて宿を飛び出してきたらしく、菅笠もかぶらず、振り分けの荷物も持っていなかった。

「おそらく、その荷物が宿に残ってるんじゃねえかと……」

「なるほど」

清之助が深くうなずいた。

「そいつを調べれば何か手がかりがつかめるかもしれやせんね」

4

翌朝の四ツ（午前十時）ごろ、伊三郎は月ガ瀬の湯宿『如月屋』を訪ねた。

応対に出た番頭に〝宇之吉〟の知人だと名乗ると、番頭はまったく疑う気《け》ぶりもみせず松蔵が泊まっていた部屋に案内してくれた。

「宇之吉さんがまたもどってくるんじゃないかと思いましてね。部屋はそのままにしてあります」

番頭がいうとおり、部屋の中には布団が敷きっぱなしになっており、脱ぎ散らかされた浴衣《ゆかた》や菅笠、振り分けの小行李《こごうり》などが乱雑に放置されていた。

伊三郎は小行李を開けてみた。中には新しい手拭《てぬぐ》い、洗いざらしの下帯、履き替え用の草鞋、煙草《たばこ》入れ、火打ち石、薬袋など細々《こまごま》とした旅道具がぎっしり詰まっている。それらを丹念に調べてみたが、手がかりになりそうな物は何も見つからなかった。

「ところで……」

旅道具をふたたび小行李にしまいながら、伊三郎は顔を上げて番頭を見やった。

「宿代はどうなってるんだい？」

「六日分を前金でいただきました」

「六日分？」

「宇之吉さんがお見えになったのは三日前ですので、明後日《あさって》の夜の分までいただいているということでございます」

「この部屋は一泊いくらなんだい？」

「三百五十文でございます」

六日で〆《し》めて二両と百文。湯宿の宿泊代としては破格の金額である。その金も長五郎の義母・お藤から奪い取ったものなのだ。『如月屋』にとって、松蔵（宇之吉）は金離れのいい上客だったにちがいない。松蔵が姿をくらましたあとも、部屋をそのままにしておいた理由がそれで腑《ふ》に落ちた。

「宇之吉が姿を消す前に、誰か訪ねてきたことはなかったかい？」

「いえ、誰も……」

「そうかい。忙しいところ邪魔したな」

礼をいって廊下に出ると、番頭があわてて追ってきて、

「宇之吉さんはどこにおられるんですか」

と逆に訊《き》き返してきた。

「知っていたら、あっしもわざわざ探しにはきやせんよ」

伊三郎はにべもなく応えて宿を出た。

『如月屋』の裏の雑木林を抜けて、細い道に出た。道は西の里山に向かってなだらかな登りになっている。上修善寺村につながる間道だった。

（どうも解《げ》せねえ）

歩きながら、伊三郎は胸の奥でつぶやいた。

松蔵は明後日の夜の分まで宿代を払った、と『如月屋』の番頭はいっていた。

ということは、当初から『如月屋』に六日間滞在するつもりだったのである。半年におよぶ逃亡の旅の垢《あか》を落とし、のんびり骨休めをするつもりだったのだろうが、

――それにしても六日は長すぎる。

と伊三郎は思った。湯治や物見遊山《ものみゆさん》の旅ならいざ知らず、松蔵は天城の山に埋めた千両の金を掘り起こすために伊豆に舞いもどってきたのである。その金が手に入れば一生遊んで暮らせるのだ。のんびり構えている場合ではない。一刻も早く金を手に入れて伊豆を離れようと考えるのがふつうであろう。

なのになぜ松蔵は六日間も月ガ瀬に逗留しようとしたのか。

六日という期限を待たなければならない、何か特別の理由でもあったのだろうか。

松蔵の足跡を追うたびに謎が一つずつ増えてゆく。

山間《やまあい》の道を上り下りしながら半刻も歩くと、前方に緑におおわれた田園風景が広がり、その奥に小さな集落が見えた。上修善寺村である。

杉江家は、村でもひときわ大きな屋敷だと長五郎から聞いていたのですぐにわかった。屋敷の周囲には土塀《どべい》がめぐらされ、門は茅葺き屋根の長屋門ふうの造り

である。片側だけ閉ざされた門扉《もんぴ》に『弔中』と記された紙が貼り出されてあるが、出入りする弔問客の姿はなく、屋敷内はひっそり静まり返っていた。玄関の前で三度笠《さんどがさ》をはずして中に入り、

「ごめんなすって」

と声をかけると、ほどなく奥から喪服姿のお弓が出てきた。悲嘆のあまり、昨夜は眠れなかったのだろう。痛々しいほど面《おも》やつれしている。

「どちらさまでしょうか？」

「長五郎さんの知り合いで、伊三郎と申しやす。お弓さんでござんすね」

「はい」

「兄御さんのことは長五郎さんから聞きやした。心からお悔やみ申し上げやす」

「ご丁寧にありがとう存じます」

お弓は式台に両手を突いて、丁寧に頭を下げた。次兄の久次郎は外出しているらしく、屋内に人の気配は感じられなかった。廊下にかすかな香煙がたゆたっている。

「これを……」

といって、伊三郎はふところから細い紙包みを取り出した。

「長五郎さんから預かってきやした。お弓さんに渡してくれと」

「わたくしに……？」

けげんそうに受け取って、お弓は包みを開いた。中に珊瑚玉《さんごだま》のかんざしが入っている。お弓は驚いたように顔を上げた。

「でも、なぜあなたさまにこれを？」

「事情《わけ》があって、長五郎さんはゆうべ旅立ちやした。そのかんざしは何かの礼だと思いやす」

当惑したように、お弓は視線を泳がせた。

「わたくし、お礼をいただくようなことは何もしておりません」

「怪我《けが》の手当てをしてもらったと、長五郎さんから聞きやしたが」

「でも、あれは……、兄を助けるために受けた怪我ですので、当然のことをしただけのことでございます」

「その当然のことが、長五郎さんにとってはうれしかったんでしょうよ」

「こんな高価なものをいただいて、かえって恐縮でございます。もし長五郎さんにお会いすることがございましたら、よろしくお伝えくださいまし」

珊瑚玉のかんざしを丁寧に包み直しながら、お弓はもう一度深々と頭を下げた。

「じゃ、あっしはこれで」

伊三郎は一礼して背を返したが、ふと思い出したように振り向き、

「ここにくる途中、人づてに聞いた話ですがね。『常磐屋』のあるじ平右衛門と炭焼きの作次郎って男が何者かに殺されたようですよ」

「えっ」

お弓が瞠目《どうもく》した。

「ご存じなかったんで」

「いいえ、存じませんでした。それはいつのことでございますか」

「きのうの夕方だと聞いておりやす。念のためにと思いやしてね」

お弓が何かいいかけようとすると、それを振り切るように、

「では、ごめんなすって」

と伊三郎は足早に出て行った。お弓は式台に膝をついたまま茫然《ぼうぜん》と見送った。

そしてふたたび紙包みを開いて、珊瑚玉のかんざしに視線を落とした。

（もしや……）

お弓の目がきらりと光った。『常磐屋』平右衛門と達磨山の作次郎を殺したの

は長五郎ではないかと、直観的にそう思ったのである。平右衛門が久馬殺害の黒幕であることを知っているのは、次兄の久次郎と小者の市兵衛、そして長五郎しかいない。昨夕、久馬の遺体の前で、

「汚ねえ！」

と憤慨していた長五郎の顔が脳裏をかすめた瞬間、お弓の直観は確信に変わっていた。

――長五郎さんが兄の仇《かたき》を……。

見開いたお弓の眸《め》から、ぽろりと大粒の涙がこぼれ落ちた。

半刻後――。

伊三郎は修善寺の桂川のほとりを歩いていた。その後の『常磐屋』の動きが気になったので様子を見にきたのである。時刻は昼を少し廻っていた。

春のうららかな陽差しにさそわれて、湯治客や遊山客たちが河畔の道をそぞろ歩いている。湯宿が建ち並ぶ通りにも、いつになく人があふれていた。その人混みにまぎれて伊三郎は『常磐屋』に足を向けた。

『常磐屋』の唐破風《からはふ》の入り口には黒と白の幔幕《まんまく》が張りめぐらされ、しめやかな読《ど》

経《きょう》の声が流れていた。さすがに修善寺一の湯宿だけあって弔問客が引きも切らず、その人出を当て込んで、付近の路地には物売りや飲み食いを商う屋台がずらりと並んでいた。

伊三郎は路地角の担《かつ》ぎ屋台の蕎麦《そば》屋に立ち寄り、かけ蕎麦をすすりながらさり気なく『常磐屋』の様子をうかがった。しばらくすると、黒紋付の羽織袴姿の四十年配の武士と黒羽織に薄鼠《うすねず》色の着流し姿の赤ら顔の男が連れ立って出てきた。

伊三郎は蕎麦をすすりながら、ちらりとその二人に目をやって、

「親爺《おやじ》さん」

と蕎麦屋に声をかけた。担ぎ屋台の下の水桶でどんぶりを洗っていた蕎麦屋が顔を上げた。見るからに人の好《よ》さそうな初老の男である。

「へえ。何か？」

「あの二人は何者なんだい？」

「お侍さんのほうは韮山のお代官所の手附・真崎さまです。一緒にいるのは大仁の半兵衛親分で」

「ほう、あれが半兵衛親分か」

名前だけは知っていたが、半兵衛の顔を見るのははじめてだった。

半兵衛と『常磐屋』平右衛門との仲は清之助から聞いて知っていたが、意外だったのは真崎という役人の存在だった。わざわざ弔問に訪れたところを見ると、平右衛門と真崎はかなり懇意な間柄だったにちがいない。二人は何やらひそひそと言葉を交わしながら、こっちに向かって歩いてくる。

「それにしても……」

半兵衛が真崎に話しかけた。雑踏のざわめきに、ともすればかき消されそうになるその声を、伊三郎は聞き逃《のが》さなかった。

「『常磐屋』もとんだとばっちりを受けたもんでござんすね」

「うむ」

と真崎は苦い顔でうなずいた。

「わしの身代わりになったようなものよ」

「『常磐屋』には気の毒だったが、これでお互い痛み分けってところでござんすね」

そんなやりとりを交わしながら、二人は蕎麦屋の前を通り過ぎていった。

伊三郎は急いでどんぶりに残った蕎麦をすすり込み、蕎麦代を払って二人のあとを尾《つ》けはじめた。そのとき、前方の路地から小走りに飛び出してくる男がいた。半兵衛一家の若頭・留次郎である。留次郎は二人の前で立ち止まり、小腰をかがめていった。

「『松乃屋』に一席設けやしたんで、どうぞ」

どうやら近くの小料理屋で清めの酒を真崎に振る舞う算段らしい。

「留次郎、あの若僧はどうなった？」

真崎が低く訊いた。

「それがしぶとい野郎でしてね」

「口を割らぬか」

「へい、散々痛めつけてやったんですが、知らぬ存ぜぬの一点張りで」

「もう一押ししてみるんだな」

「それにはおよびやせんよ、真崎さま」

忌《い》ま忌ましげに半兵衛がいった。

「『常磐屋』と作次郎が殺される直前に、野郎によく似た男が訪ねてきたと『常磐屋』の下足番がいっておりやした。十中八、九、あの若僧の仕業《しわざ》にちがいありやせん」

「そうか」

真崎はちょっと思案して、

「役所の手続きを踏むのも面倒だからな。……留次郎」

「へい」

「内密に始末してくれ」

留次郎の耳元で、真崎がささやくようにいった。

「承知いたしやした」

ぺこりと頭を下げて、留次郎は立ち去った。それを見送る真崎と半兵衛のかたわらを、伊三郎が足早に通り過ぎて行った。

5

留次郎は下田街道を北に向かって歩いていた。

街道の右を流れる狩野川の川面が、春の陽差しを受けて銀色に光っている。

数日前に比べると、街道を行き来する旅人の姿も増えてきた。物見遊山の男女や霊場めぐりの老人、大きな荷を担いだ行商人、軽尻《からじり》を曳《ひ》く馬子《まご》などがひっきりなしに行き交っている。その人の流れの中に、三度笠を目深《まぶか》にかぶった伊三郎の姿があった。五、六間（約九〜十一メートル）先を行く留次郎のあとを付かず離れずぴたりと尾けてゆく。

「あの若僧――」

という真崎の言葉が、伊三郎の脳裏に焼きついている。

「若僧」とは長五郎のことにちがいない。その長五郎が半兵衛一家の手の者に捕まったことは、三人のやりとりでも明らかだった。

真崎は留次郎の耳もとで「内密に始末しろ」と命じた。伊三郎はその一言も聞き洩らさなかった。長五郎を代官所に連行し、正式な吟味にかければ長五郎の口から何が飛び出すかわからない。それを恐れてひそかに長五郎を抹殺するつもりなのだ。

修善寺を出て半刻ほどたったころ、街道の前方にまばらな人家が見えた。

瓜生野村である。戸数十六軒。兼業の小さな木賃宿と縄《なわ》のれんを下げた居酒屋が一軒ずつ、そのほかはすべて百姓家である。

村の北はずれに立場《たてば》があり、立場のすぐ隣に番屋があった。番屋といっても半兵衛一家の身内が詰所として使っている掘っ建て小屋で、外観は立場の馬小屋と大して変わらなかった。二枚の引き戸も腰高障子《こしだかしょうじ》ではなく、板張りの戸である。

留次郎はその板戸を引き開けて中に入って行った。それを見届けると、伊三郎は素早く身をひるがえして、立場と番屋のあいだの細い路地に飛び込んだ。

路地の奥は雑草の生い茂った空き地になっている。立場の裏には朽ち果てた大八車の残骸が野積みにされていた。下田街道が江戸と下田をむすぶ公用路として賑わっていたころの名残である。当時はこの立場も荷駄を運ぶ大八車や人馬の休息所として大いに繁盛していたのだろう。現在は見る影もなくさびれている。

伊三郎は番屋の裏手に廻り、裏口の板戸の隙間から中をのぞき込んだ。

案の定、土間のすみに荒縄で高手小手《たかてこて》にしばり上げられた長五郎が、虫の息で転がっていた。かなり手ひどい痛め吟味を受けたのだろう。その前に半兵衛一家の身内が三人、青竹や薪雑棒《まきざっぽう》を持って仁王立《におうだ》ちしていた。

「まだ眠ってやがるのか」

留次郎が冷笑を浮かべて見下ろした。

「起こしやすか」

と子分の一人が訊いた。

「ああ」

別の子分が水桶を手に取り、いきなり長五郎の頭にぶちかけた。かすかなうめき声を上げて、長五郎がうっすらと目を開けた。ずぶ濡《ぬ》れの顔、乱れた髷《まげ》、右目の瞼《まぶた》が瘤《こぶ》のように大きく膨れ上がり、幽鬼《ゆうき》のように悽愴《せいそう》な面貌をしている。

留次郎がかがみ込んで、長五郎の顔をのぞき込んだ。

「長五郎とかいったな？」

「……………」

長五郎は口をへの字に引きむすんだまま黙っている。

「誰の差し金で『常磐屋』と作次郎を殺《や》ったんだ？」

「――知らねえ」

聞き取れぬほど小さな声で応えると、長五郎はふたたび目を閉じた。

「ま、いいだろう」

留次郎はせせら笑いながら立ち上がり、

「陽が落ちたら、こいつを簀《す》巻きにして狩野川に放り込んでやれ」

といいおいて、番屋を出て行った。三人の子分が意味もなく高笑いしながら、長五郎を取り囲んで見下ろした。

「おめえも運のいい野郎だぜ。日暮れまで命が延びたんだからな」

一人がそういうと、もう一人がにやにや笑いながらかがみ込んで、

「若頭の思《おぼ》し召しだ。ありがたく思え」

と、ふいに長五郎が顔を上げ、その男の顔にぺっと唾《つば》を吐きかけた。

「な、何をしやがる！」

逆上した男がやおら薪雑棒を振り上げて殴りかかろうとした、その刹那、
ばりっ！

と裏口の板戸が蹴倒され、伊三郎が飛鳥《ひちょう》のように飛び込んできた。

「な、なんだ、手前《てめえ》は！」

仰天して三人が振り向いた瞬間、伊三郎の長脇差《ながどす》が抜く手も見せず一閃《いっせん》した。

悲鳴を上げて一人が崩れ落ちた。逆袈裟《ぎゃくけさ》の一刀だった。男の首が深々と裂かれていた。伊三郎は舞うように体を反転させた。二人目の男が長脇差を構えて突っ込んできた。諸手《もろて》突きだった。それをすくい上げるようにはね上げて、拝み打ちに斬り下ろした。

「わッ」

と男がのけぞった。額に赤い筋が奔った。男が倒れるのを待たず、伊三郎は長脇差を横殴りに払った。三人目の男が前のめりに体を泳がせた。脇腹から血が噴き出している。えぐるような深い傷だった。男は凄《すご》い勢いでつんのめり、そのま

ま番屋の板戸に激突して倒れた。おびただしい血が板戸や板壁に飛び散った。

伊三郎はすかさず長脇差を逆手に持ち替えて長五郎のもとに跳び、高手小手にしばり上げた荒縄を断ち切った。

「伊三郎さん！」

長五郎が信じられぬような顔で低く叫んだ。

「仲間がくるとまずい。逃げやしょう」

伊三郎に抱え起こされた長五郎は、土間のすみに落ちている菅笠と道中差しを拾い上げると、伊三郎のあとについて蹴破られた裏口から表に飛び出し、街道を横切って狩野川の川原に走った。一丁（約百九メートル）ほど走ったところで、先を行く伊三郎が背後を振り返った。

長五郎の息が乱れている。伊三郎は立ち止まって葦《あし》の茂みに長五郎をうながした。

「ここまでくれば、もう安心だ」

長五郎がぜいぜい息を切らしながら茂みの中に座り込んだ。

「け、けど……、伊三郎さんはなんでおいらが捕まったことを……？」

「『常磐屋』の近くで、代官所の役人と半兵衛がおめえさんの話をしているところを、偶然耳にしちまったんですよ」

「そうですかい。おかげで助かりやした。ありがとうございやす」

伊三郎は慰撫《いぶ》するように笑って見せたが、ふと思い出したように、

「珊瑚玉のかんざし、お弓さんに渡しておきやしたよ。おめえさんに会うことがあったら、よろしく伝えてくれといっておりやしたが、まさかこんなに早く再会するとは思ってもみやせんでした」

「まったく、とんだドジを踏んじまって」

長五郎は照れるように頭をかいた。

「だいぶ手ひどく痛めつけられたようだが、体は大丈夫ですかい」

「ご心配にはおよびやせん。ごらんのとおり、ひどいご面相になっちまいやしたが、体のほうはびくともいたしやせんよ」

「あっしのいったとおり、長五郎さんはきっと……」

長生きしやすよ、といいかけて、ふいに伊三郎は口をつぐんだ。かすかな櫓音《ろおと》を聞いたのである。葦の茂みからそっと顔を突き出して、伊三郎は狩野川の上流に目をやった。

炭俵《すみだわら》を満載にした川船が下流に向かってゆっくり川面をすべってくる。

櫓をあやっっている船頭の顔に見覚えがあった。三日前に大仁村のはずれで川渡しをしてくれた、あの船頭だった。

「長五郎さん、あの船で沼津河岸まで運んでもらったらどうですかい」

「船で……？」

「街道筋には半兵衛一家の目が光っておりやす。船を使ったほうが無難でしょう」

そういうと、伊三郎は葦の茂みから立ち上がり、船に向かって手を振った。船頭もそれに気づいたらしく、大きく舵《かじ》を左に切って船首を岸にめぐらした。船がぐんぐん近づいてくる。船頭は櫓を水棹《みさお》に持ち替えて、船の舳先《へさき》を葦の茂みの中に突っ込ませた。

「旅人《たびにん》さんは、先日の……」

船頭も伊三郎の顔を覚えていた。

「あのときは世話になったな」

「どういたしやして」

「すまねえが、この人を沼津河岸まで運んでもらえねえかい」

「おやすい御用で」

伊三郎が代金を払おうとすると、長五郎はそれを制して船に乗り込み、船頭に小粒（一分金）を手渡して振り返った。

「伊三郎さん、このご恩は一生忘れやせん」

声をつまらせながら、長五郎は名残惜しそうに二度三度頭を下げた。

「道中くれぐれもお気をつけなすって」

「伊三郎さんも、どうかお達者で」

船頭がぐいと水棹を差して船を押し出した。葦の茂みがざざっと揺れて、船はゆっくり岸辺を離れて行った。

第五章　変心

1

――三日が勝負だ。

当初、伊三郎はそう心に決めていた。三日以内に押し込み一味を捕まえて勘蔵一家への義理を果たし、心おきなく天城を離れたかった。一カ所に長逗留するのは、流れ者の伊三郎にとって苦痛以外のなにものでもない。とにかく早くけりをつけて旅に出たいというのが偽《いつわ》らぬ心境だった。

しかし事態はそう簡単に運びそうにもなかった。

一味のひとり源助は、行基の滝で死体で見つかったが、残るふたり、松蔵と与市の行方はいまもって杳《よう》としてわからない。その二人を探し出して、伊三郎自身の手で討ち取らなければ、勘蔵一家への義理を果たしたことにはならないのである。

三日という期限は明日に迫っている。明日一日で松蔵と与市の行方を突き止めるのは、よほどの幸運に恵まれないかぎり、とうてい無理であろう。

(だが……)

と伊三郎は思い直した。

まったく望みがないわけではなかった。松蔵は月ガ瀬の湯宿『如月屋』に明後《あさっ》日《て》までの宿代を払っている。ということは、明々後日《しあさって》には宿を出るつもりだったのだ。

明々後日——その日こそが〝決行〟の日にちがいない。二人が動き出せば捕捉《ほそく》する機会はまだあると、おのれにいい聞かせながら、伊三郎は帰路を急いだ。

時刻は八ツ半(午後三時)ごろだろうか。やや陽が西にかたむきはじめ、修善寺に近づくにつれて街道を往来する旅人の姿も増えはじめている。

ほどなく前方に修善寺の家並みが見えた。

「伊三郎さん」

桂川に架かる木橋を渡ったところで、ふいに声をかけられた。女の声である。思わず振り向くと、弁慶縞《べんけいじま》の粗末な着物を着た女が人混みの中に立っていた。お甲だった。

「お甲さん……」

「あのう、伊三郎さんに折り入ってお願いしたいことが――」

ためらうように、お甲は小さな声でそういった。顔に薄化粧をほどこしているが、あいかわらず感情のない暗い目をしている。

「どんなことですかい？」

三度笠《さんどがさ》の下から、伊三郎がけげんそうに見返すと、

「こんなところで立ち話も何ですから――」

といって、お甲はくるりと踵《きびす》を返し、街道わきの杉木立《こだち》に足を向けた。伊三郎は無言でそのあとについた。杉の古木の陰で足を止めると、お甲はふところに手を入れて小判を一枚取り出した。

「この一両で、人を斬ってもらいたいんです」

「人を斬る？」

伊三郎の顔が強張《こわば》った。お甲はまったくの無表情である。

「誰を斬れと……?」

「徳兵衛です」

驚きのあまり、伊三郎は言葉を失った。一瞬、聞きまちがいではないかと思った。

徳兵衛とお甲が男と女の仲であることは、これまでの経緯からみて、疑いのない事実である。徳兵衛は生まれ故郷の野州にお甲を連れて帰りたいといっていた。惚《ほ》れていなければいえない言葉だと伊三郎は思った。お甲も徳兵衛の気持ちは十分わかっていたはずである。その徳兵衛を殺せという。二人のあいだに一体何があったというのか。

「徳兵衛さんとおめえさんは、深い仲だったんじゃねえのかい?」

伊三郎がいった。詰問《きつもん》というより、咎《とが》めるような口吻《こうふん》である。お甲は応《こた》えなかった。ただ黙って首を横に振っただけである。その目はうつろに宙をただよっている。

「違うのかい?」

さらに問い詰めると、お甲はふっと視線を伊三郎に向けて、

「あたしは、あの人に手込めにされたんです」

「手込めに……！」

にわかには信じられないことだった。お甲の目が射貫《いぬ》くように伊三郎を見すえている。その暗い眼差《まなざ》しの奥に怨嗟《えんさ》の光がたぎっていた。

お甲の話によると、夜四ツ半（午後十一時）ごろ、物音に気づいて布団から起き上がると、土間の暗がりに薄汚れた道中姿の男——徳兵衛が立っていたという。お甲が悲鳴を上げて逃げ出そうとすると、徳兵衛は寝間に飛び込んできてお甲を布団に押し倒し、

「騒ぐんじゃねえ」

と抜き身の長脇差《ながどす》をぴたりと首筋に突きつけた。お甲は恐怖にすくみ上がり、あらがうこともできなかった。

「おとなしくしてりゃ、命までは取りゃしねえさ」

荒々しく寝着を剝《は》ぎ取ると、徳兵衛は一糸まとわぬお甲の白い裸身に、舐《な》めるような視線を這わせた。豊かな乳房《ちぶさ》、くびれた腰、むっちりと肉《しし》づきのいい太股《ふともも》。凝脂《ぎょうし》の乗りきった女盛りの体である。徳兵衛は舌舐めずりしながら、お甲の上にのしかかってきた。

節《ふし》くれだった徳兵衛の手がお甲の乳房をわしづかみにした。お甲は固く目を閉

じて羞恥《しゅうち》に耐えた。ふいに股間に熱い圧迫感を覚えた。屹立《きつりつ》した男が侵入してきたのである。

耳元でけだもののような息づかいが聞こえた。徳兵衛が激しく尻を振っている。

徳兵衛はすぐに果てたが、寸刻もたたぬうちにまた侵入してきた。

「たまらねえ」

あえぐようにいいながら、徳兵衛は腰を振りつづけた。

夜が明けるまで、徳兵衛の欲望はつきることがなかった。東の障子窓が明るんできたころ、ようやくお甲は徳兵衛の責め苦から解放された。さすがに疲れ果てたのか、徳兵衛はごろりと布団に仰臥《ぎょうが》すると、高いびきをかいて眠りこけた。

そのまま徳兵衛はお甲の家に居つづけ、五日後になってやっと「来年の春ごろ、またくるからな。それまで達者でいるんだぜ」といい残して出て行ったという。

「あの人は、けだものですよ」

吐き捨てるように、お甲がいった。

「けど、お甲さん」

伊三郎はいぶかるように見返した。

「おめえさんの家に五日間も居座っていたなら、逃げ出す隙はいくらでもあったはずだぜ。なぜ逃げようとしなかったんだい」

「徳兵衛は長脇差を持っていたんですよ。ちょっとでもそんな素振りを見せたら、斬られていましたよ」

お甲は声を尖《とが》らせた。めずらしく顔にも感情が洩れている。

「徳兵衛さんが出ていったあと、村役人には訴えなかったのかい」

思い直すように伊三郎が訊《き》いた。

「訴え出たところで、あの人が村を離れてしまえば、もうあとの祭りですよ」

「それじゃ、訊くが……」

三度笠を押し上げて、伊三郎はお甲に鋭い視線を向けた。

「三日前に徳兵衛さんがもどってきたとき、おめえさんはなぜすんなり徳兵衛さんを受け入れたんだい？」

「…………」

お甲の顔にちらりと戸惑いがよぎった。

「あのとき、おめえさんは〝仕事に行ってきます〟と家を出て行った。殺してえほど憎んでいるなら、そのまま逃げ出すことだってできたはずだぜ」

「………」

お甲は黙ってうつむいている。明らかにお甲の話には矛盾があった。言葉では埋めようもないその矛盾に、伊三郎はお甲の複雑な心境を読み取っていた。

「おめえさん、多少は徳兵衛さんに惚れていたんじゃねえのかい?」

ずばり、切り込むように伊三郎がいった。だが、お甲の表情はぴくりとも変わらなかった。肯定も否定もせず黙っている。それを見て伊三郎は、

(やはり……)

と思った。力ずくで手込めにされたとはいえ、五日間も男と女が一つ屋根の下で暮らしていれば、心とは裏腹に体が許してしまうに違いない。亭主を病で亡くし、若後家のまま二年間も孤閨《こけい》をかこってきたお甲の体に、徳兵衛が火をつけてしまったことは想像にかたくなかった。徳兵衛が憎い。だが、離れられない。ふたたび訪ねてきた徳兵衛を、お甲は愛憎なかばする思いで受け入れてしまったのではないか。伊三郎はそう思った。

「どうして、あの人を受け入れてしまったのか……」

長い沈黙のあと、お甲がぽつりと口を開いた。

「あたしにも、よくわからないんです。けど」

「…………」

「いまは……、ただ憎いだけです。殺したいほど憎いんです」

お甲の目には瞋恚《しんい》と憎悪の炎がたぎっている。夜叉《やしゃ》のような眼差《まなざ》しだった。

「徳兵衛さんは、おめえさんを故郷《くに》の野州に連れて帰りてえといっていた。だが、おめえさんが嫌だといったら、無理に連れて行くつもりはねえと、そうもいっていた」

伊三郎が諭《さと》すようにいった。

「何も殺さなくたって、そのうち徳兵衛さんは勝手に出て行くさ」

「それじゃ、あたしの気がすまないんですよ」

強い語調で、お甲は反駁《はんばく》した。

「何としても、徳兵衛さんを殺したいというのかい？」

「…………」

「しかし、なぜ、それをあっしに？」

「あの人が伊三郎さんを家に連れてきたとき、この人ならあたしの気持ちをわかってくれる、きっとあたしの恨みを晴らしてくれると思った……。でも」

お甲の顔に皮肉とも軽侮《けいぶ》ともつかぬ笑みが浮かんだ。

「とんだ見込みちがいでしたよ」

「お甲さん」

「もう結構です。いまの話はなかったことにしてください」

突っぱねるようにそういうと、お甲はひらりと背を返して逃げるように走り去った。

お甲の言葉の端々には、徳兵衛への激しい憎悪と殺意がこもっていた。伊三郎が断ったからといって、無事に事が収まるとは思えなかった。お甲は別の男を探すつもりかもしれない。一両の金を払えば平気で人殺しを請け負う男もいるだろう。

遠ざかるお甲のうしろ姿を見送りながら、伊三郎はやりきれぬように吐息をついた。

四半刻《しはんとき》(三十分)後——。

お甲は堀切村の自宅にもどった。板間の火のない囲炉裏《いろり》の前で酒を呑んでいた徳兵衛が顔を上げて、入ってきたお甲に笑みを投げかけた。

「お甲、今日は早かったじゃねえか」

お甲は目も合わさずに、板間を突っ切って奥の六畳間に入って行った。夕飯の支度に取りかかるつもりなのだろう。手早く襷《たすき》をかけ、紺の前掛けをつけた。徳兵衛は呑み干した茶碗をことりと囲炉裏のふちに置いた。

「どうしたんだい？　仏頂面《ぶっちょうづら》をして。宿で何かあったのか」

「別に……」

そっけなく首を振ると、お甲は気ぜわしげに板間を踏み鳴らして土間に下り、米櫃《こめびつ》からすくい取った米を釜《かま》に入れて研《と》ぎはじめた。

「なあ、お甲」

お甲の背中越しに徳兵衛が声をかけた。

「もう一度、考え直しちゃくれねえかい？」

お甲は無言で黙々と米を研いでいる。徳兵衛はのっそりと腰を浮かせると、土間に下りてお甲の背後に立った。

「おれはおめえに惚れてるんだぜ」

お甲は能面のように表情のない顔で米を研ぎつづけている。

「おめえと一緒に郷里に帰ったら、決して悪いようにはしねえ。一生贅沢三昧《ぜいたくざんまい》の暮らしをさせてやる」

お甲の耳元でささやくようにいいながら、徳兵衛は背後からお甲の体を抱きすくめ、そっと胸元に手をすべり込ませた。お甲が身をよじってその手を邪険に振り払った。

「何度いわれても、嫌なものは嫌なんですよ」

「死ぬまで、こんなボロ家で貧乏暮らしをするつもりかい」

「ボロ家だろうが何だろうが、あたしはここで生まれ育ったんです。一生ここから離れるつもりはありませんよ」

「ま、いいだろう」

体を離して徳兵衛はふたたび板間に上がり込み、囲炉裏の前にどかりと腰を据えた。

「あと二日もすりゃ、気が変わるさ。……おれがきっと変えてみせる」

つぶやきながら、徳兵衛は湯飲みに残った酒をぐびりと呑み干した。

2

天城山は始終、自分だけの雨の中にいる。

おかげで麓《ふもと》も雨の日が多い。

川端康成《かわばたやすなり》の『伊豆湯ケ島』の中の一節である。

三方が海に面した伊豆半島は海洋性気候で、もともと雨の多い土地柄である。

年間の平均降雨量は、山間部で三千三百ミリに達するという。

地元の人々は昔からこの雨を「天城の私雨《わたしあめ》」と呼んでいた。まるで自分を追いかけてくるように、行く先々で雨に降られるからである。

自分だけの雨——川端康成は「天城の私雨」をそう表現している。

この日も朝から雨が降っていた。煙るような霧雨である。

昨日までのうららかな春の陽気とは打って変わって、空は灰色の分厚い雲におおわれ、気温も急激に下がっている。

まるで冬に逆もどりしたような肌寒い陽気だった。

赤々と燃え立つ囲炉裏の榾火《ほたび》に目を据えながら、松蔵はひとり黙然と茶碗酒をかたむけていた。伸びた月代《さかやき》が額の下まで垂れ下がり、顔の半分は黒々と不精ひげでおおわれている。数日前の松蔵とは別人のように面貌《めんぼう》が変わっていた。

松蔵が半兵衛一家の急襲を受けて、月ガ瀬の湯宿から逃れたのは三日前である。その夜は狩野川の川原の野小屋で野宿し、翌朝、月ガ瀬から半里ほど南に離れた里山に逃げ込んだ。もとより松蔵は知らなかったが、その山には源氏の旗下で数々の武功を挙げた狩野茂光《かのうしげみつ》の城跡《しろあと》があった。茂光の苗裔《びょうえい》の狩野景信《かげのぶ》は、足利義教《あしかがよしのり》に供奉《ぐぶ》して富士の巻狩りに参加した折り、義教の命で富士の絵を描き上げ、その才能を認められて後世の狩野派を興したといわれている。

狩野城址《じょうし》の周辺をさまよい歩いているうちに、松蔵は深い樹林の奥に小さな百姓家を見つけた。永《なが》い歳月風雪に耐えてきたあばら家《や》同然の陋屋《ろうおく》だった。茅葺《かや》き屋根は青みどろに苔《こけ》むし、ところどころにぺんぺん草が生えている。

家の周囲には丸太の柵《さく》がめぐらされ、その柵に椎茸《しいたけ》を栽培するための栗や小《こ》楢《なら》、水楢《みずなら》、櫟《くぬぎ》などの榾木《ほたぎ》がずらりと立てかけてあった。どうやらこの家のぬしは椎茸栽培を生業《なりわい》にしているらしい。

家の板戸は開いたままになっていた。

松蔵は用心深く戸口に歩み寄って中をのぞき込んだ。五十五、六と見える小柄な老人が土間に座り込み、摘《つ》み取ってきたばかりの椎茸を水桶の中で洗っていた。独り暮らしをしているらしく、老人のほかに人がいる気配はなかった。

「父《とっ》つぁん」

と声をかけると、老人が作業の手を止めてゆっくり振り向いた。頭髪が薄く、顔はしわだらけで、小さな目のまわりには黄色い目脂《めやに》がびっしりこびりついている。

「見たとおりの旅の者だが、二、三日ここに泊めてもらえねえかい？」

「こんなあばら家に泊まらなくても、温泉場に行けば宿ならいくらでもあるだよ」

老人はにべもなく応え、ふたたび水桶に浮かべた椎茸を洗いはじめた。

「事情《わけ》があって宿には泊まれねえんだよ」

そういうと、松蔵は胴巻きから小判を一枚取り出して、老人の足元にチャリンと投げ出した。老人は思わず作業の手を止め、目のうちの目脂を手の甲でごしごし拭きながら足元の小判に視線を落とした。

「礼金だ。とっときな」

「こ、こんな大金を……！」

信じられぬ顔で、老人は小判を拾い上げた。松蔵は土間に足を踏み入れると、老人のかたわらにかがみ込んで、

「その代わり、おれがここにいることは一切他言しちゃならねえ。わかってる

な？」

と因果をふくめるように語気を強めていった。

「へ、へえ」

老人は満面に笑みを浮かべて腰を上げた。

「こんなむさ苦しいところだが、どうぞ、お上がりくだせえまし」

松蔵を板間の囲炉裏《いろり》の前に案内した。

それから二昼夜がたっていた。吾平《ごへい》と名乗る老人の姿はなかった。源助と連絡《つなぎ》を取るために、松蔵が駄賃を渡して吉奈温泉に使いに出したのである。

時の経過とともに、戸口の板庇《いたびさし》を叩く雨音が激しくなった。板間のあちこちにポツリポツリと水滴がしたたり落ちている。

「ち、雨漏りか」

松蔵は忌ま忌ましげに天井を見上げながら、茶碗酒をあおった。と、そのとき、がらりと板戸が引き開けられ、菅笠《すげがさ》をかぶり、蓑《みの》合羽をまとった吾平がずぶ濡《ぬ》れで飛び込んできた。

「おう、ご苦労だったな」

松蔵が顔を向けると、吾平は濡れた菅笠と蓑合羽を手早く脱いで板間に上がり込み、えらいことになりましただ、と青ざめた顔でいった。

「何かあったのか？」

「源助さんは殺されたそうでごぜえます」

「殺された！」

松蔵が目を剝《む》いた。吾平は寒そうに囲炉裏の火に手をかざしている。

「そ、それはいつのことだ！」

「おとついでごぜえます。行基の滝に死体で浮いていたそうで」

吾平は、まるで自分が責められているかのように、肩をすぼめて小さな声で応えた。

「いってえ誰が源助を？」

「さァ、そこまではおらにも……」

吾平は首を振った。何かいいかけた松蔵の顔が、ふいに硬直した。表にかすかな足音を聞いたのである。険しい目で戸口を見た。板戸はぴったりと閉ざされている。

「父つぁん、誰かに尾《つ》けられりゃしなかっただろうな」

道中差しを引き寄せながら、松蔵が小声で訊いた。

「いえ、尾けられた覚えはねえですだ」

「足音がしたような気がする。すまねえが表の様子を見てきてもらえねえかい」

「へえ」

と立ち上がり、土間に下りて菅笠をかぶると、吾平は板戸を引き開けて表に出た。あいかわらず音を立てて雨が降っている。一歩外に足を踏み出した瞬間、

「うわッ！」

突然、吾平の悲鳴が上がった。

「どうした！　父つぁん」

戸口で大きくのけぞった吾平が、そのまま仰向けに土間に倒れ込んできた。右肩から胸にかけて斜めに赤い裂け目が奔《はし》っている。松蔵は反射的に道中差しを抜き放った。

「だ、誰だ！」

叫ぶと同時に、黒い人影が吾平の死体を踏み越えて一直線に飛び込んできた。

肩幅の広い、がっちりした体軀《たいく》の男だった。菅笠を目深《まぶか》にかぶり、頰かぶりで顔を隠している。男は右手に抜き身の長脇差を引っ下げて土間に立った。びしょ濡れの体からボタボタと水滴がしたたり落ちている。

「て、てめえは……！」

松蔵は道中差しを構えて後ずさりした。男は無言。頭を二、三度振って菅笠の雨滴を振り払いながら、長脇差を正眼に構えてじりじりと歩を進める。

「半兵衛一家の身内か！」

男は応えない。泥まみれの草鞋《わらじ》のまま板間に上がり込んだ。

「か、金が目当てなら、いくらでもくれてやるぜ！」

わめきながら、松蔵は囲炉裏のふちを廻るように左に移動した。男もゆっくり左に歩を詰めてゆく。

「あ、あしたになれば千両の金が手に入るんだ。おめえのいい値どおり金を払う。た、頼むから命だけは助けてくれ」

「金はいらねえ」

くぐもった低い声で、男が応えた。

「じゃ、何が望みだ」

「おめえの命だ」

「そうか！　源助を殺したのは、てめえか、……ちくしょう！」

ダッと床を蹴って松蔵が斬りかかってきた。

キーン。

鋭い鋼《はがね》の音がひびいた。

男の長脇差が松蔵の道中差しを下からはね上げたのである。松蔵の顔から血の気が引いた。道中差しが真《ま》っ二《ぷた》つに折れて、切っ先が天井の梁《はり》に突き刺さった。

松蔵はあわてて囲炉裏に手を伸ばし、火のついた薪《まき》をつかみ取って身構えた。

男が囲炉裏のふちを廻りながら、じわじわと間合いを詰めてくる。

「野郎！」

火のついた薪がうなりを上げて、男の頭上に振り下ろされた。薪の炎が稲妻《いなずま》のように宙を走り、無数の火の粉《こ》が舞い散った。一瞬、家の中が真昼のように明るくなった。

男は横に跳んでかわし、諸手《もろて》にぎりの長脇差を左下から斜めに突き上げた。

「ぎゃっ！」

松蔵は悲鳴を上げて棒立ちになった。男の長脇差が松蔵の脇腹をつらぬいて背中に突き抜けていた。男は松蔵の体を蹴倒すようにして長脇差を引き抜いた。松蔵の体がぐらりと揺らめき、音を立てて板敷きに仰向けに倒れた。男は肩で息をととのえながら長脇差を鞘《さや》に納めると、火のついた薪を拾い上げて囲炉裏の中に放り込んだ。

ぼうと炎が舞い上がり、板敷きに転がっている松蔵の死顔を赤々と照らし出した。

男は踵を返して土間に下りて戸口に立った。

雨はまだ降りつづいている。男は菅笠の紐を結び直しながら、降りしきる雨の中を、左脚をやや引きずるようにして足早に去って行った。


半兵衛一家の留次郎が、二人の子分を引き連れて吾平の家に駆けつけてきたのは、それから一刻《とき》（二時間）後だった。雨はやや小やみになっていた。事件を通報したのは、月ガ瀬の湯宿で賄《まかな》いをしている松吉《まつきち》という男だった。たまたまこの日、吾平の家に椎茸を買いにきて二人の死体を発見したのである。

二人の死体を検《あらた》めた留次郎は、一人が松蔵であることを確認すると、すぐさま大仁村にとって返し、待ち受けていた真崎弥左衛門と半兵衛に報告した。

「その仏《ほとけ》、松蔵にまちがいねえだろうな」

半兵衛が念を押すように訊いた。

「へい。不精ひげを生やしておりやしたが、人相は手配書とぴったり一致しやす」

「そうか。松蔵の野郎、百姓家にひそんでやがったか。探しても見つからねえわけだ」

苦々しく半兵衛がいった。かたわらで真崎がしきりに顎をなでながら、「それにしてもわからんな」と独語するようにつぶやいた。

「いったい誰が、何の目的で松蔵を手にかけたのだ？」

「勘蔵一家の身内の仕業かもしれやせんぜ」

半兵衛がいった。

「勘蔵一家？」

「あっしも最近知ったことなんですがね。勘蔵の一人娘が下田の廻船問屋『興津屋』に嫁いでいたそうで」

「半兵衛、それはまことか」

真崎が瞠目《どうもく》した。

「へい。例の押し込み事件で、その娘も盗賊一味に殺されたそうですよ」

「なるほど、勘蔵にとって松蔵は娘と孫の仇《かたき》だったというわけか」

真崎はしばらく考え込むように腕を組んだ。そして顔を上げると、今度は困惑したように眉宇《びう》を寄せて低くつぶやいた。

「残るのは、あと一人か」

源助と松蔵が死んだいま、天城の山中に埋めた金の在《あ》りかを知る者は、もう与市しかいない。その与市が万一、勘蔵一家に討たれるようなことがあれば、千両の金の行方は永遠に闇の中、同時に真崎の夢と野望もついえるのだ。

「半兵衛」

真崎が険しい顔で向き直った。

「いよいよ剣が峰だぞ」

「わかっておりやす」

半兵衛は決然とうなずいた。

「あっしの面子《メンツ》にかけても、かならず与市をひっ捕らえてみせやすよ」

3

白い雨が糸を引くように蕭々《しょうしょう》と降っている。

伊三郎は客間の縁側に座って、雨にけぶる庭をうつろに眺めていた。

花をつけたばかりの雪柳《ゆきやなぎ》が、雨に打たれて弱々しくしなだれている。軒端《のきば》からは絶え間なく雨垂《あまだ》れが落ちている。寒々として、人を心細くさせるような雨である。

「また先手を打たれたか……」

伊三郎の口から吐息まじりの小さな声が洩れた。

松蔵が狩野城址の近くの百姓家で何者かに殺されたという報は、すでに勘蔵一家にも入っていた。聞き込みに歩いていた勘蔵一家の身内がいち早くその情報をつかんできたのである。一報を聞いた瞬間、

(源助殺しと同じ下手人の仕業かもしれねえ)

伊三郎は直観的にそう思った。松蔵は刃物で脇腹を一突きにされていたという。得物《えもの》が刀であることはまちがいなかった。とすれば下手人は武士か浪人、もしくは長脇差を使うやくざ者ということになる。

問題は殺しの動機だ。半兵衛一家の目的は盗賊一味が天城の山中に埋めた千両の金を手に入れることにある。金の埋め場所を聞き出す前に、源助や松蔵を殺すはずはない。それに源助を殺した男は「松蔵」の名を騙《かた》って源助を行基の滝におびき出している。半兵衛一家の身内がそんな手の込んだ真似をするわけがなかっ

た。

一陣の風が庭をよぎり、吹き込んできた雨が伊三郎の顔を濡らした。その瞬間、

（そうか）

伊三郎の脳裏に閃電《せんでん》のようにひらめくものがあった。すぐに立ち上がり、部屋に入って手早く身支度に取りかかった。手甲脚絆《てっこうきゃはん》をつけ、長脇差と三度笠、引廻しの道中合羽を持って出ようとしたところへ、廊下に足音がひびき、清之助がやってきた。

「お出かけですかい？」

「へい。……あっしに何か用ですかい」

「たったいま、いい知らせが入りやしたよ」

清之助は顔をほころばせてそういった。

「いい知らせ？」

「船原温泉の湯宿に、四日ほど前から与市らしい男が泊まってるそうで。……さっそく子分を二人、船原に向かわせやした」

「そうですかい」

「伊三郎さんはどちらへ？」

「ちょいと確かめてえことがありやしてね。吉奈温泉まで行ってめえりやす」

「源助殺しの一件ですかい？」

「へい」

「若い者を一緒に行かせやしょうか」

「いえ、あっし一人で十分でござんすよ。一刻ほどでもどってめえりやす」

「松蔵が殺されて半兵衛一家の動きもあわただしくなったようでござんすから、くれぐれもお気をつけなすって」

「ありがとうござんす」

一礼して、伊三郎は出て行った。

雨脚はやや弱まったものの、あいかわらず蕭々《しょうしょう》と降りつづいている。

伊三郎は下田街道を北に向かって歩いていた。狩野川の水嵩《みずかさ》も増して、いつもより流れが速くなっていた。伊三郎は引廻しの道中合羽を前で固く合わせ、雨すだれを切り裂くように前傾姿勢で足を速めた。

昼八ツ半（午後三時）ごろ、吉奈温泉に着いた。雨が降っているせいか、温泉場に通じる道に湯治客《とうじ》の姿はなかった。白い雨と立ち込める湯煙が、湯宿の家並みをひっそりと包み込んでいる。伊三郎は『萬屋』の裏手に廻った。

裏山の斜面に建っている湯小屋からもうもうと湯煙が噴き出している。

「李兵衛さん、いるかい？」

戸口に立って小屋の中をのぞき込むと、李兵衛が湯気に濡れた顔を手拭《てぬぐ》いで拭《ふ》きながら小屋の奥の暗がりからのっそり出てきた。

「おめえさまは……」

「先日は手間を取らせてすまなかったな」

「どういたしやして。今日はどんなご用で？」

「おめえさんに言伝《ことづ》てを頼んだ松蔵って男のことで、あらためて訊きてえことがあるんだが――」

「へえ」

李兵衛は板庇《いたびさし》の下の木箱に腰を下ろした。

「おめえさんを訪ねてきたとき、その男は長脇差を差していなかったかい？」

「へえ。確かに蠟色鞘《ろいろざや》の長脇差を……」

「ほかに何か気づいたことは？」

「さァ」と李兵衛は首をかしげながら、しわのように細い目をしばたたかせた。

降りしきる雨がやかましく板庇を叩いている。しばらく考えたあと、

「そういえば……」

と顔を上げて、杢兵衛は伊三郎を見た。

「左脚を引きずって歩いておりやしたよ」

「左脚を……！」

三度笠の下の伊三郎の目がぎらりと光った。


「お甲さん、すまねえが、そいつを洗ってもらえねえかい」

板前の新次《しんじ》が竈《かまど》に薪をくべているお甲にいった。

修善寺の湯宿『あざみ屋』の勝手である。お甲は振り返って新次が指さすほうに目をやった。泥のついた大根が数本、大笊《おおざる》の上にのっている。お甲は火吹き竹を竈のわきに置いて立ち上がり、大笊を抱えて勝手口から裏に出た。

雨はまだ降りつづいている。

勝手口のすぐ前に屋根のついた井戸があった。お甲は雨を避《よ》けるように背を丸めて小走りに井戸端に駆け込み、井戸の水を汲《く》み上げて大根を洗いはじめた。

昼八ツ半を過ぎると『あざみ屋』はにわかに忙しくなる。客たちの夕食の下ご

しらえ、調理、配膳と息つくひまがない。そして夕食後の膳の片付け、食器洗い、それが終わると客の部屋に布団を敷きのべる仕事も待っている。そうした雑用のすべてをお甲と常雇いの女中の二人でやらなければならないのだ。

大根を洗い終わって立ち上がったとき、お甲はハッと息を呑んで一方に目をやった。

雨の中に俶然《しゅくぜん》として男が立っている。三度笠を目深にかぶり、引廻しの道中合羽をまとった背の高い渡世人――伊三郎だった。お甲の顔にかすかな動揺が奔った。

「伊三郎さん」

「おめえさんにいくつか訊きてえことがあるんだが」

伊三郎が歩み寄ってきた。三度笠のふちから絶え間なく雨がしたたり落ちている。道中合羽もびしょ濡れである。お甲は黙ってうつむいた。

「徳兵衛さんがおめえさんの家に転がり込んできたのは、去年の九月だったんじゃねえのかい？」

お甲はあいまいにうなずいた。

「そのとき、徳兵衛さんは左脚に大怪我《けが》をしていた。違うかい？」

「なぜ、それを……？」

驚いたように、お甲は顔を上げた。返事を聞くまでもなく、お甲の反問自体が答えになっていた。

「おめえさん、本当は徳兵衛さんの素性を知ってるんじゃねえのかい」

「素性……？」

「本名は武吉、下田の廻船問屋『興津屋』に押し込んだ四人組の盗賊のかしらだ」

「ま、まさか」

「徳兵衛さんは、いや、武吉は『興津屋』から金を奪って逃げる途中、天城の山の中で手下の松蔵という男に崖から突き落とされて死んだ。世間にはそう伝わっているが、じつは死んじゃいなかった。左脚に大怪我を負いながら九死に一生を得て、おめえさんの家に転がり込んだ。……そうじゃねえのかい？」

「知りません！　あたしは何も知りません！」

激しく首を振ると、忙しいのでごめんなさいといって、お甲は逃げるように勝手口に去って行った。バタンと勝手口の戸が閉まる音がした。その音を背中に聞きながら、伊三郎は踵をめぐらして雨の中に立ち去った。

それからおよそ四半刻後、伊三郎は堀切村の西はずれの雑木林の中を歩いていた。

雨に煙る視界の先に、小さな百姓家があった。お甲の家である。伊三郎は戸口に歩み寄ると、ためらいもなく板戸を引き開けて土間に足を踏み入れた。

徳兵衛の姿はなかった。消えかかった囲炉裏の火がブスブスと燻《くすぶ》っている。

家の中を一通り見廻したが、徳兵衛の持ち物らしきものは見当たらなかった。ぼろぼろの三度笠や道中合羽、蠟色鞘の長脇差も消えている。

おそらく徳兵衛は、いや武吉は、お甲の心が離れていったことに危険を感じて、いち早く逃げたのだろう。そう思って伊三郎はゆっくり背を返した。

4

船原温泉の湯宿『立花屋《たちばなや》』に、二人の男が訪ねてきた。

二人とも三度笠に桐油《とうゆ》の半合羽をまとい、腰に長脇差を落としている。勘蔵一家の身内の七五郎《しちごろう》と重吉《じゅうきち》だった。土間の掃除をしていた下働きの女が、二人の姿を見るなりこそこそと奥に立ち去って行った。

「ご用のおもむきと申しますのは？」

応対に出た番頭が怯《おび》えるように二人の顔を見た。

「この宿に四日前から男が一人で泊まっていると聞いたが」

七五郎が訊いた。

「由三《よしぞう》さんのことでございましょうか」

「そいつはおそらく変名だろう。本名は与市、歳は二十四、五だ」

「たぶん由三さんではないかと……」

「その男は部屋にいるのかい？」

訊きながら、重吉はもう草鞋を脱いでいる。

「はい。廊下の突き当たりの部屋でございます」

「邪魔するぜ」

二人は草鞋を脱いでずかずかと廊下に上がり込んだ。番頭はただおろおろと見守るばかりである。突き当たりの部屋の前で足を止めると、七五郎が背後の重吉を振り返って目で合図を送り、一気に襖《ふすま》を引き開けた。

部屋の中で腹這いになって黄表紙《きびようし》を読んでいた与市が、仰天してはね起きた。

「与市だな！」

七五郎が怒鳴りつけるようにそういうと、与市は部屋のすみに跳びすさり、腹巻に忍ばせた匕首《あいくち》を引き抜いた。と見た瞬間、矢のように飛び込んできた重吉は手刀で匕首を叩き落とし、与市の腕をむんずとつかんで背中にねじ上げた。

「ち、ちくしょう！」

歯ぎしりしながら、与市は凄い目で二人をにらみつけた。

「な、なんだい、てめえたちは……！」

「湯ガ島の勘蔵一家の身内だ。おめえにはたっぷり訊きてえことがある。一緒にきてもらおうか」

「冗談じゃねえ。てめえたちに詮索されるいわれはねえぜ。放しやがれ！」

七五郎と重吉は必死に身もがく与市を押さえつけ、背中に廻した両手を細引きでしばり上げて、部屋の外に引きずり出した。

廊下は騒然となった。あわてて部屋に飛び込む者もいれば、腰を抜かして廊下にへたりこんでいる者もいた。通りかかった女中は悲鳴を上げて走り去った。

暴れ狂う与市を、七五郎と重吉は左右から抱えるようにして外に連れ出した。

雨は小降りになっていた。西の空がいくらか明るんでいる。

表に出ると、与市は観念したように急におとなしくなった。抵抗しても無駄だと悟ったのである。七五郎と重吉は与市の両脇を固めてぬかるんだ温泉場の路地を抜けた。

船原川のほとりに出た。朝から降りつづいた雨で、この川も水嵩が増している。川の両岸は切り立った崖《がけ》になっており、太い丸太で組んだ橋が架けられてあった。

その橋を渡ったところで、ふりに七五郎と重吉は足を止めて前方に鋭い目をやった。

降り煙る小ぬか雨の奥に、四つの人影がにじみ立った。いずれも菅笠に蓑合羽をまとった屈強の男たちである。四人は足早にこっちに向かって歩いてくる。ただならぬ気配を看取して、七五郎と重吉は長脇差の柄《つか》に手をかけた。四人の男たちが道をふさぐように横一列に並んで立ち止まった。

「おれたちに何か用でもあるのかい？」

七五郎が探るような目で四人の男を見た。

「そいつを渡してもらおうか」

恫喝《どうかつ》するようにいって一人が菅笠を押し上げた。半兵衛一家の留次郎である。

「半兵衛一家の身内か！」

　七五郎の顔色が変わった。留次郎は薄笑いを浮かべながら一歩足を踏み出した。

「その野郎はお尋ね者なんだぜ。おとなしく引き渡すんだな」

「そうはいかねえ！」

　重吉が怒鳴り返した。

「こいつは親分のお嬢さんの仇なんだ。始末はおれたちがつける！」

「どうしても渡せねえというなら仕方がねえ。……おい」

　留次郎が背後の子分を振り返ってあごをしゃくった。それを合図に三人の子分がいっせいに長脇差を抜き放った。七五郎と重吉も抜いた。

　三人の子分が、ほとんど同時に斬りかかってきた。刃うなりを上げて振り下ろされた長脇差を七五郎が必死に受け止めた。重吉も二人を相手に激しく斬りむすんでいる。ぬかるみがバシャバシャとはね上がり、双方とも全身泥まみれの死闘となった。

「わッ」

　重吉が悲鳴を上げてのけぞった。子分の一人が拝み打ちに斬り下ろしたのである。重吉の三度笠が真っ二つに裂け、その裂け目から血で真っ赤に染まった顔がのぞいた。

「重吉！」

叫びながら重吉のもとに走り寄ろうとした七五郎の背に、別の一人が長脇差を叩きつけた。桐油の半合羽が縦に切り裂かれ、おびただしい血が噴き出した。二人はぐらりと体を揺らめかせ、折り重なるようにぬかるみに倒れ伏した。二人ともほぼ即死だった。死体から流れ出した血を、降りしきる雨がたちまち洗い流してゆく。

「野郎を捕まえろ！」

留次郎が怒声を発した。両手をしばられた与市がおろおろと逃げまどっている。三人の子分が猛然と躍《おど》りかかって与市を取り押さえ、留次郎の前に引き据えた。

「おめえは与市だな」

念を押すように、留次郎が訊いた。

「へえ」

与市は悄然《しょうぜん》とうなずいた。つい先ほどの威勢のよさはすっかり影をひそめ、文字どおり濡れ鼠《ねずみ》のように情けない姿である。七五郎と重吉が斬殺されるのを目《ま》のあたりにしたせいか、恐怖で両膝《ひざ》ががくがく震えている。

「よし、引っ立てろ」

三人の子分に命じて、留次郎は傲然《ごうぜん》と踵を返した。

四人が立ち去ったあと、ほどなくして付近の雑木林の中からぼろぼろの三度笠に道中合羽姿の男がうっそりと姿を現した。男は徳兵衛（武吉）だった。雑木林の中に身をひそめて事件の一部始終を見ていたのである。道のぬかるみに転がっている七五郎と重吉の死骸をちらりと一瞥《いちべつ》すると、武吉は丸太組の橋を渡って船原温泉に足を向けた。

温泉場の入り口に『酒・めし・天城名物猪鍋』の幟《のぼり》を立てた居酒屋があった。四日前に与市が足を踏み入れた居酒屋である。その前で足を止めると、武吉は三度笠と道中合羽を脱いで雨滴を払い落とし、中に入った。

酒を呑むにはまだ時刻が早いし、雨が降っているせいもあるだろう。客は一人もいなかった。店の奥の暗がりで所在なげに煙管《キセル》をくゆらしていた亭主が、入ってきた武吉を見てあわてて立ち上がり、愛想笑いを浮かべながら注文を取りにきた。

武吉は燗酒《かんざけ》二本と焙《あぶ》り干魚《ひうお》を頼んで、腰掛け代わりの空き樽《だる》に腰を下ろした。

ほどなく酒と肴《さかな》が運ばれてきた。それを手酌でやりながら、武吉は思案の目を虚空《こくう》に据えた。この武吉が源助と松蔵を殺した下手人であることはいうを俟《ま》たない。理由は自分を裏切った手下たちへの報復である。

三人目の標的・与市が船原温泉の湯宿『立花屋』に泊まっているらしい、との情報を武吉にもたらしたのは、船原温泉に出入りしている按摩《あんま》だった。めしを食うために立ち寄った本立野の一膳めし屋で、たまたまその按摩と同席になり、他愛のない世間話をしているうちにそんな話が出たのである。

一膳めし屋を出ると、武吉はすぐその足で船原温泉に向かった。源助同様、その男を宿の外に呼び出し、与市であることを確認した上で殺すつもりだった。

ところが丸太橋の手前に差しかかったところで、後方から半兵衛一家の四人が足早にやってくるのに気づき、とっさに雑木林に飛び込んで四人をやり過ごそうとした。そこで先刻の事件が起きたのである。

（半兵衛一家に捕まったら、与市も無事じゃすまねえだろう）

いずれにしても、もう与市に用はないと武吉は思った。それよりお甲のことが気がかりだった。明日になれば千両の金が手に入る。それはお甲も知っていることだった。その金を持ってお甲を故郷の野州に連れて帰り、一生楽な暮らしをさせてやるつもりだった。お甲はそのことも知っている。知っているからこそ、半年ぶりにもどってきた自分を受け入れてくれたのである。それなのになぜ急にお甲は心変わりしたのか。

武吉の脳裏に、半年前の夜の出来事がよみがえった。

豪雨と烈風が吹き荒れる天城の山中で、手下の松蔵に崖から突き落とされたときのことである。あのときの恐怖と絶望は、いまも武吉の胸に峻烈《しゅんれつ》に焼きついている。

崖から落ちた瞬間は目の前が真っ暗になり、全身の血が逆流した。まさに奈落の底に沈んでいくような感覚だった。だが、そのあとのことは何も憶《おぼ》えていない。

気がつくと、武吉は崖の途中に張り出した岩棚《いわだな》の上に横たわっていた。幅わずか三尺（約九十センチ）ほどの岩棚に、奇跡的に体が引っかかったのである。そのさい体を激しく打ちつけたらしく、全身に焼けつくような激痛が奔った。その激痛が死の淵《ふち》をさまよっていた武吉の意識を回復させたのだ。

武吉は必死に立ち上がろうとした。左脚がびくとも動かなかった。動かないばかりか、まるで棒のように感覚を失っていた。いま思えば、それがむしろ幸運だった。まったく痛みを感じなかったからである。武吉はその左脚を引きずりながら、岩の割れ目に突き出ている木の根やあけびの蔓《つる》を伝って崖下に下りた。

豪雨と烈風は一瞬もやまなかった。

山の斜面のあちこちで土砂崩れが起き、巨木が轟音《ごうおん》を立てて根こそぎ倒れていった。

四辺は漆黒《しっこく》の闇である。暗黒の空に絶え間なく迸《はし》る稲妻の青白い光だけが頼りだった。武吉は太い枝を杖《つえ》代わりにして、荒れ狂う山の中を無我夢中でさまよいつづけた。正確には憶えていないが、おそらく三刻（六時間）は歩きつづけただろう。

ようやく雑木林の奥に小さな百姓家を見つけた。それがお甲の家だった。

武吉は板戸を引き開けて土間に転がり込んだ。物音を聞きつけて奥から飛び出してきたお甲が、ずぶ濡れで土間に座り込んでいる武吉を見て、小さな叫びを上げた。

「す、すまねえが、しばらくここで休ませてもらえねえかい」

武吉が顔を上げて、あえぐようにいった。ずたずたに裂けた衣服は血と泥にまみれている。まるで手負いのけもののように痛々しい姿だった。

お甲ははじかれたように奥の部屋にとって返すと、両手に何かを抱えてもどってきた。

「よかったら、これに着替えてください」

差し出したのは、死んだ亭主の着物だった。武吉は礼をいって受け取り、傷ついた体をいたわるようにゆっくり着替えをはじめた。その間にお甲は手早く囲炉裏に火を熾《おこ》し、自在鉤《かぎ》にかけた鉄鍋《てつなべ》で雑炊《ぞうすい》を作りはじめた。

着替えをすませた武吉が、左脚を引きずりながら這うようにして板間に上がってきた。お甲は鉄鍋の中の雑炊をかきまぜながら、気づかわしげな目でちらりと武吉を見た。

「暖を取らせてもらいやす」

そういって、武吉は囲炉裏のわきに腰を下ろした。榾《ほた》明かりに照らし出されたその顔はどす黒く腫《は》れ上がり、頬から首筋にかけて無数の切り傷や擦《す》り傷があった。

「どうなさったんですか、その傷は」

お甲が心配そうに訊いた。

「天城の山で崖崩れに遭いやしてね。さいわい命は助かりやしたが、左の脚が利かなくなっちまいやした」

「それはお気の毒に——」

自在鉤にかけた鉄鍋がぐずぐずと音を立てて煮立っている。お甲は鍋の雑炊を椀《わん》によそって武吉の前に差し出した。

「体が温まります。どうぞ召し上がってください」

「ご親切にありがとうございやす」

椀を受け取って、武吉はむさぼるように雑炊をすすった。冷えた体に熱い雑炊は何よりの馳走《ちそう》だった。お甲は立ち上がって奥の部屋から布団を運んでくると、囲炉裏のそばに敷きのべ、

「ごゆっくりお休みください」

といいおいて奥の部屋に去り、襖をぴしゃりと閉めた。

武吉は立てつづけに雑炊を三杯平らげた。腹が満たされたとたん、急に睡魔が襲ってきた。お甲が敷いてくれた布団にごろりと体を横たえると、武吉はたちまち地鳴りのようないびきをかいて眠りに落ちていった。

そのまま翌日の昼ごろまで死んだように眠りつづけた。

眠りから醒《さ》めると、南側の障子にまばゆいばかりの陽が差していた。お甲は出

かけたらしく、家の中はひっそりと静まり返っている。

布団から這い出して障子を開けてみた。昨夜の大嵐が嘘のように空が青々と晴れ渡っていた。葉を落としてすっかり裸になった樹木の梢《こずえ》のあいだから、秋の陽差しがさんさんと降りそそいでいる。のどかな鳥の鳴き声が聞こえてくる。銀色に輝くすすきの原には赤とんぼが飛び回っている。まるで別天地にいるような気分だった。

縁側に座って、武吉は惚《ほう》けたように青い空を見上げた。

体の痛みはだいぶ引いていたが、左脚の麻痺《まひ》は治っていなかった。立ち上がろうとしたがすぐによろけて膝をついてしまった。その左脚をいたわるようにさすりながら、

（この脚でよく歩きつづけてきたもんだぜ）

武吉はあらためておのれの強運に感じ入っていた。

夕方になって、お甲がもどってきた。

二年前に亭主を病で亡くしてから、修善寺の湯宿で日雇い奉公をしながら独り暮らしをしているというお甲に、武吉は手持ちの金の中から二両を手渡し、

「左脚が治るまで、しばらくここに置いてもらえねえかい」

と拝むようにして頼み込んだ。膝元に置かれた二両の金子に視線を落としながら、お甲は無言でうなずいた。快諾という表情ではなかった。仕方なしに承諾したという感じである。その表情を見て武吉は、

（無理もねえ）

と思った。後家の独り住まいに突然見知らぬ男が転がり込んできたのである。万一そのことが村人に知れたら、あらぬ噂が広まり、身持ちの悪い女だと白い目で見られるに違いない。お甲はそれを恐れているのだろう。

「おめえさんには決して迷惑はかけねえよ」

武吉は笑ってみせた。

「脚が治るまではここから一歩も外に出ねえし、もし誰かが訪ねてきても、すぐに奥の部屋に引っ込むさ」

そうすることが武吉にとっても好都合だった。自分の正体がばれずにすむからである。それを聞いて安心したのか、お甲の表情がふっとゆるんだ。

「おれは徳兵衛って博奕《ばくち》打ちだ。俗にいう渡世人ってやつよ。おめえさんは？」

「お甲と申します」

「お甲さんか。……おめえさんは心根のやさしい女だ。この恩義は一生忘れねえ

ぜ」

殊勝らしく、武吉は両手をついて深々と頭を下げた。

5

武吉の左脚は日を追うごとに回復していった。まったく動かなかった脚が少しずつ動くようになり、四日目には何とか立ち上がれるようになった。そして五日目には、左脚を引きずりながらも、部屋の中を歩けるようになっていた。

お甲の身に青天の霹靂《へきれき》ともいうべき事件が起きたのは、その晩だった。夜中にいきなり襖が引き開けられ、武吉が凄い形相で寝間に飛び込んできたのである。

「徳兵衛さん！」

武吉の突然の豹変《ひょうへん》に、お甲は仰天して飛び起きた。

「お甲、おれは……、おめえに惚れちまった」

犬のように息を荒《あら》らげながら、武吉はお甲を布団に押し倒し、荒々しく寝間着を引き剝いだ。乱れた蹴出《けだ》しのあいだから、お甲の白い太股があらわになった。

「や、やめてください」

必死にあらがうお甲を、武吉は力ずくでねじ伏せ、ほとんど暴力的にお甲の中に侵入してきた。お甲は歯を食いしばって武吉の凌辱《りょうじょく》に耐えていた。

ほどなく武吉は果てた。お甲は布団に仰臥したまま肩で激しく息をついている。そのかたわらで、お甲は虚脱したように天井の一点を見つめていた。

寸刻もたたぬうちに、武吉はまたお甲の上にのしかかってきた。お甲はあらがおうとはしなかった。武吉の力には抗しきれないと悟ったのである。人形のように身じろぎもせずなすがままになっていた。武吉は狂ったように腰を振っている。

そうしてお甲は明け方まで何度もつらぬかれた。障子窓が明るくなったころ、さすがに疲れ果てたのか、武吉はようやくお甲の体から離れ、ぐったりと布団の上に弛緩《しかん》した。

「おまえさんは……、鬼ですよ」

うつろな目を宙に据えながら、お甲が恨みがましくつぶやいた。

「恩を仇《あだ》で返すなんて——」

「それはねえだろう、お甲」

武吉はむっくり体を起こして、お甲の乳房にそっと手をのせた。

「二年も独り寝をつづけてきた男日照りのこの体を、おれが慰めてやったんだぜ」

「…………」

「おめえだってまんざらでもなかったんだろう？　よがり声を上げてたぜ」

いいながら、武吉はお甲の乳房をやさしく愛撫《あいぶ》した。お甲はじっと目を閉じている。

「事情《わけ》があって、おれは今日にも伊豆を離れなきゃならねえんだが——」

「…………」

「だが、来年の春には、かならずおめえを迎えにくる」

「迎えにくる？」

ぽかっと目を開けると、お甲は武吉に顔を向けて、けげんそうに訊き返した。

「どういう意味なんですか、それは」

「だからいったろう。おめえに惚れちまったとな」

「…………」

「おめえを女房にする。そう腹に決めたんだ」

「そんなこと勝手に決めないでくださいよ。あたしはごめんですね。おまえさんみたいなごろつきの女房になるなんて」

「ごろつき、か……」

武吉は苦笑したが、やおらお甲の乳房をわしづかみにして口にふくむと、

「ここだけの話だがな」

と声をひそめていった。

「来年の春になれば、千両の金が入ってくるんだ」

「千両……！」

「くわしい話はできねえが、まちがいなく千両のお宝がおれの手に転がり込んでくる。その金を持っておめえを生まれ故郷の野州に連れて帰りてえんだ」

ささやくようにそういうと、武吉はお甲の股間に手をすべり込ませた。お甲はその手をこばまなかった。固く目を閉じて愛撫に身をまかせている。

「どうだい？　悪い話じゃねえだろう。千両の金があれば、おめえだって一生贅《ぜい》沢三昧《たくざんまい》に暮らせるんだぜ」

お甲がふいに身をくねらせた。武吉の指が秘孔に入ったのである。

「あ、ああ……」

絶え入るような声が、お甲の口から洩れた。

それから半年が過ぎて――。

春の訪れとともに、武吉は約束どおり、お甲の家に姿を現した。伊三郎が一緒だったので、お甲はやや戸惑ったような表情を見せたが、その夜、仕事からもどってくると、何のわだかまりもない様子で、お甲は黙々と夕飯の支度に取りかかった。といって心から歓迎するという態度でもなかった。ただ淡々と迎え入れただけである。

「変わりはねえようだな」

差し向かいで夕飯を食べながら、武吉が猫なで声で話しかけた。

「あいかわらずですよ」

お甲は無表情で応えた。二人が言葉を交わしたのはそれだけだった。夕食が終わると、お甲はそそくさと膳を片づけ、囲炉裏のそばに武吉の寝床を敷きのべた。

「お甲」

布団を敷きおえたお甲を、武吉が背後から抱きすくめた。

「この半年間、一時《いっとき》もおめえのことを忘れやしなかったぜ」

「おまえさん、追われているんでしょう」

お甲が唐突にいった。武吉は苦笑を浮かべた。

「半兵衛一家にいいがかりをつけられてな」

「下田の廻船問屋に押し入った三人の盗《ぬす》っ人《と》を探しているそうですよ」

「ほう、それは初耳だな」

武吉はとぼけてみせた。

「その三人組は廻船問屋から奪ったお金を、天城の山に埋めて逃げたそうです。ひょっとして、おまえさんが手に入れようとしている千両のお金はそれじゃないんですか」

「そうだといったら、どうするつもりだ？」

「別にどうもしませんが……。おまえさん、そのお金が埋められている場所を知ってるんですね」

「ふふふ、あと四、五日もすればわかることさ」

背後から抱きすくめたまま、武吉はお甲の体を布団の上に押し倒した。お甲は抵抗しなかった。お甲の体を仰向けにさせると、もどかしげに帯をほどき、着物を引き剝いだ。

大きく広げられたお甲の胸元から、白い豊満な乳房がこぼれ出た。それを揉みしだきながら、武吉も着物を脱ぎ捨てた。二人とも一糸まとわぬ全裸である。

武吉はお甲の両膝を立てさせて左右に開き、その間に腰を割り込ませた。武吉の熱く屹立したものが、お甲の中に没入していった。

「あっ」

と、お甲の口から小さな声が洩れた。武吉の腰の動きに合わせて、お甲も尻を振りはじめた。半年前のお甲とはまるで別人だった。武吉の背中を骨がきしむほどの力で抱きしめながら、お甲はあられもない声を発して狂悶《きようもん》した。

──そのお甲が昨日の朝、突然、

「あたしの心は決まりましたよ」

そう切り出したのである。

「あたしは一生この堀切村で独りで暮らすつもりです」

一瞬、武吉は虚をつかれたような顔になった。

「おめえ、本心からそういってるのか」

「本心です。あたしのことはあきらめて出ていってください」

「おれを追い出すつもりか？」

「ここはあたしの家ですからね。一日も早く出ていってもらいたいんです。でなければ……」

「ま、まさか、おめえ――」

武吉はお甲の暗い眼差しの奥に、ただならぬ決意を感じた。いや決意というより、明らかにそれは敵意の眼差しだった。この家を出ていかなければ訴人《そにん》も辞さないと言外に語っているのである。敵意に満ちたその目を見るかぎり、もう昨日までのお甲ではなかった。

「わかりましたね」

強い口調で念を押すと、お甲は棒立ちになっている武吉に冷やかな視線を投げつけて家を出て行った。

その日の午後、いつもより早めに仕事からもどってきたお甲に、もう一度考え直してもらえないかと説得してみたが、お甲の心はかたくなに変わらなかった。

それでも武吉は、

(千両の金を見せれば変わるかもしれねえ)

内心そう思いながら、お甲の機嫌を取るために抱き寄せようとした。その瞬間、

「いいかげんにしてください！」

お甲は凄い剣幕でその手を払いのけ、台所に飛んでいって包丁を持ってきた。

「あたしの体に指一本でも触れたら、刺し殺します！」

脅しではなかった。本気で殺すつもりでいる。もっともお甲が本気で切りかかってきたところで、武吉はむざむざ殺されるような男ではなかった。包丁を叩き落として、お甲をねじ伏せるのは造作もないことだった。だが、そうしたところでお甲の心が変わるわけはなかった。逆にお甲の憎悪をかき立てるだけである。

「――わかった。そこまでいうなら、おめえのことはきっぱりあきらめよう」

そういうと、武吉は荷物をまとめてお甲の家を出て行った。

その夜は本立野の木賃宿に泊まり、翌朝、近くの一膳めし屋に入って朝飯を食った。そこで吉奈温泉に出入りしている按摩と出会って、与市の居所を知ったのである。

それにしても、お甲はなぜ急に変心したのか。

居酒屋で酒を呑みながら、武吉はさっきからそのことを考えていたが、答えは見つからなかった。釈然とせぬ思いは残っている。しかしお甲への未練はもうなかった。

それより千両の金である。明日になればその千両が武吉の手に転がり込んでくるのだ。今夜は吉奈温泉の湯宿に泊まり、のんびり湯につかって体を休めようと、二本目の燗酒を呑み干して、武吉はゆっくり腰を上げた。

第六章　天城《あまぎ》越え

1

掛け燭《じよく》の明かりが、土蔵の中にほの暗い明かりを散らしている。

半兵衛一家の土蔵である。奥の壁ぎわに菰《こも》包みの荷がいくつか積んであるが、それ以外に収納物は何もなく、ただがらんとしている。

土間のほぼ中央に水を張った大きな樽《たる》が置かれ、そのまわりに真崎弥左衛門や半兵衛、若頭の留次郎、そして三人の子分が仁王立《におうだ》ちしていた。

天井の太い梁《はり》に滑車が吊るされ、縄がかけられている。

その縄の先に、麻縄でうしろ手にしばられた与市が、ほとんど全裸に近い姿で逆さ吊りにされていた。身につけているのはふんどし一丁である。散々痛めつけられたらしく、背中には幾筋もの裂傷が走り、顔は無残に腫《は》れ上がっている。

「——与市」

真崎がのっそりと歩み出て、逆さ吊りにされている与市の顔を見上げた。

「貴様も強情な男よのう」

与市は応《こた》えない。いや応えられなかった。何かいおうとしているのだが声が出ない。唇だけがひくひくと痙攣《けいれん》している。冷やかな目でそれを見ていた半兵衛が、

「つづけろ」

と子分の一人に命じた。三人の子分が柱にくくりつけた縄を少しずつゆるめていく。滑車がガラガラと音を立てて回転し、逆さ吊りにされた与市の体が下降していった。

ざぶん。

と与市の上体が大樽の水に沈んでゆく。頭が樽の底にぶつかった。与市は海老《えび》のように激しく体をくねらせて苦悶《くもん》している。水しぶきがはね上がり、樽の中の水がゴボゴボと泡立った。さすがに見かねたのか、

「引き揚げろ」

と真崎が下知した。三人の子分が縄を引きはじめた。ずぶ濡れの与市の体がゆっくり浮き上がってくる。ざんばら髪になった頭から水滴がポタポタとしたたり落ちている。与市は咳《せ》き込むようにして大量の水を吐き出した。

「どうだ、吐く気になったか？」

真崎が再度詰問した。

「な、何度訊《き》かれても……、し、知らねえものは、知らねえ……」

しぼり出すような声で与市が応えた。息づかいも弱く、気息奄々《きそくえんえん》のていである。

「てめえ、まだ白《しら》を切るつもりか！」

怒声を発して留次郎が青竹を振り上げようとすると、真崎がすかさず制して、

「ま、いいだろう。こいつを下ろしてやれ」

「し、しかし」

「殺してしまったら元も子もあるまい。下ろしてやれ」

「へい」

不承不承うなずくと、留次郎はあごをしゃくって子分をうながした。

三人の子分が与市の体を抱えて手早く縄をほどき、土間に引き下ろした。水責めの恐怖と寒さで、与市は瘧《おこり》のように全身を激しく震わせながら土間にへたり込んだ。そして急に体をくの字に曲げると、苦しそうにあえぎながら血の混じった黄色い胃液を吐き出した。

「与市」

真崎がかがみ込んで与市の顔をのぞき込んだ。

「知らぬものは答えられぬ、といったな」

「………」

与市は弱々しくうなずいた。

「では、知っていることだけでよい。あの晩のことをゆっくり思い出してみろ」

与市はうつむいて考え込んだが、しばらくして、

「峠道の二本杉に出たところまでは……、憶《おぼ》えておりやす」

蚊《か》の鳴くような細い声で、ぽつりぽつりと語りはじめた。

天城峠の頂《いただき》に立っている二本杉は、昔から天城越えの旅人たちの目印とされていた。天城峠が一名「二本杉峠」と呼ばれる所以《ゆえん》である。

下田の廻船問屋『興津屋』に押し込んで千両の金を奪った盗賊一味は、その二

本杉にさしかかったところで大嵐に見舞われたのである。

「ご存じのとおり……」

与市がしぼり出すような声でつづける。

「あの晩は大雨と風が吹き荒れておりやしたし、その上、一寸先も見えねえ闇の中だったもんで。気がついたら道に迷って山ん中を歩いておりやした」

「二本杉からどの方角に向かったのだ」

「たぶん、西のほうだと思いやす。千両箱は二本杉から半刻《とき》（一時間）ほど歩いたところの、崖《がけ》っぷちに立っている大木の根方に埋めやした。あっしが憶えているのはそれだけで」

「二本杉から西へ半刻か――」

つぶやきながら、真崎は思案するように宙を見つめた。そしてふたたび与市に目をもどして詰問した。

「その近くに何か目につくものはなかったのか」

与市は力なく首を振った。寒さのために体が小きざみに震えている。真崎は立ち上がって、土間のすみに放置された与市の着物を拾い上げて、

「これを着ろ」

と与市に投げ与えた。

「ありがとうござんす」

受け取って、与市は手早く着物を身につけた。真崎は空き樽《あだる》に腰を据《す》えて、

「もう一度訊くが」

やや語気を強めて、与市の顔を射すくめた。

「どうしてもその場所が思い出せぬというのか」

「へえ」

「ほかの二人はどうなんだ？」

「源助さんも憶えてねえといっておりやした。ただ松兄《あに》いだけがその場所を知ってるそうで」

「松兄い？……松蔵のことか」

「へい」

「それも妙な話だな」

真崎が眉をひそめた。苛立《いらだ》つような顔をしている。

「金を埋めたときは三人一緒だったはずだ。それなのになぜ松蔵だけが知っているんだ」

「松兄いは山の兆《しるし》が見えれば、その場所がわかるといっておりやした」

「山の兆？」

「何のことかあっしにもよくわかりやせんが、とにかく、松兄いについて行けば間違いねえだろうと――」

「で、松蔵とはどこで落ち合うことになっていたんだ？」

「あしたの朝、浄蓮の滝で落ち合うことになっておりやす」

「そうか……。おまえは知らぬだろうが、松蔵と源助は何者かに殺されたぞ」

「ええッ」

与市は驚愕《きょうがく》した。

「おそらく、湯ガ島の勘蔵一家の仕業《しわざ》であろう」

「で、でも、なんで勘蔵一家が松兄いと源助さんを……」

「おまえたちが押し入った下田の廻船問屋に、勘蔵の一人娘が嫁いでいたのだ」

その真崎の言葉を受けて、

「おめえたちは、その娘も手にかけたんじゃねえのか」

半兵衛がずけりといった。与市は愕然《がくぜん》とうなだれている。『興津屋』の若内儀《おかみ》・お佳代と幼い息子・太吉を殺したのは松蔵である。太吉を胸に抱いて必死に命乞いをするお佳代を、松蔵は太吉もろとも背中から串刺しにした。そのときの凄惨《せいさん》な光景は、いまでも与市の脳裏に鮮烈に焼ついている。

「おれたちに捕まらなきゃ、いずれおめえも勘蔵一家に殺されていたんだぜ」

薄笑いを浮かべながら、半兵衛がいった。与市の体がまたぶるぶると震えはじめた。それを横目に見て、真崎はゆったりと腰を上げた。

「半兵衛、明日の朝、天城にお宝を掘り起こしに行こう」

「けど、金を埋めた場所がまだ……」

「こやつに案内させる。近くまで行けば思い出すかもしれぬ」

仮にその場所が特定できなくても、身内を総動員して付近一帯を手分けして探せば見つかるに違いないと真崎はいった。

「かしこまりやした」

「親分」

留次郎が半兵衛のそばに歩み寄り、小声で話しかけた。

「勘蔵一家がこのまま黙っているとは思えやせん。天城に行くなら喧嘩《けんか》支度をしなきゃなりやせんぜ」

「そんなことは先刻承知よ。どうせいつかは決着をつけなきゃならねえんだ。このさい勘蔵一家を叩きつぶしてやろうじゃねえか」

そういって、半兵衛は鼻でせせら笑った。

そのころ、勘蔵一家の広間では代貸の清之助以下、主だった子分が十人、重苦しい表情で燭台《しょくだい》を囲んでいた。七五郎と重吉が半兵衛一家の子分どもに斬り殺され、与市の身柄が奪われたとの報を受けての緊急会合だった。その情報は、帰りの遅いふたりの身を案じて船原温泉に探しに行った身内の一人がつかんできたのである。

伊三郎は部屋のすみの暗がりに胡座《こざ》して、沈黙する一同をじっと見守っている。

「――やつらは与市から金の埋め場所を聞き出したにちがいねえ」

長い沈黙のあと、清之助がうめくようにいった。

「とすれば、かならず明日、動くはずだ」

「埋めた金を掘り起こしに行くってことですかい」

子分の一人が訊いた。清之助がうなずいて、

「やつらだって一日も早くお宝を拝みてえはずだ。二日も三日もじっとしてるわ

けはねえさ」

「けど代貸、天城に向かうには、この湯ガ島を通らなきゃならねえんですぜ」

もう一人の子分がいった。

湯ガ島は勘蔵一家の縄張内《しまうち》である。三年前の抗争以来、勘蔵一家と半兵衛一家とのあいだでは一触即発のにらみ合いがつづいていた。そうした緊迫した状況の中で、半兵衛一家が勘蔵一家の縄張内を通過するには、それなりの覚悟が必要なのだ。

「連中も丸腰で湯ガ島を通ろうとは思っちゃいねえだろう。喧嘩支度をしてくるにちがいねえ」

清之助がそういうと、

「力ずくで通り抜けるつもりですかい！」

別の子分が気色《けしき》ばんで声を荒らげた。一同のあいだに緊張が奔《はし》った。

「いずれにしても……」

一同の顔を見廻しながら、清之助が決然といった。

「明日は喧嘩《でいり》になる。七五郎と重吉の弔《とむら》い合戦だ。そのつもりで、おめえたちも支度に取りかかってくれ」

「へい」

波を打つように叩頭《こうとう》すると、子分たちはいっせいに立ち上がり、床を踏み鳴らして出て行った。重く淀《よど》んだ空気がかすかに流れて、じりっと燭台の細い炎が揺れた。広間に残っているのは、清之助と部屋のすみの暗がりに胡座している伊三郎だけである。

「伊三郎さん」

清之助がゆっくり首をめぐらした。暗がりに伊三郎の目だけが白く光っている。

「お聞きのとおりでござんすよ」

伊三郎はふっと顔を上げた。まったくの無表情である。

「半兵衛一家の手勢は何人と読んでるんですかい？」

抑揚《よくよう》のない低い声で訊き返した。

「少なくても二十、多ければ三十人はそろえてくるでしょう。それに対してうちの手駒は十人、数の上では負けておりやす」

「清之助さん、もう一人忘れちゃいやせんか」

「え？」

「あっしでござんすよ」

「そ、それはいけやせん！」

言下に清之助は首を振った。

「大事なお客人を内輪の揉め事に巻き込むわけにはめえりやせん。伊三郎さんには散々お世話になりやした。どうかあっしらにはお気づかいなく、明日の朝一番に旅立っておくんなさい」

「それじゃあっしの義理が立ちやせん」

伊三郎はきっぱりといった。

「渡世人は草鞋《わらじ》を脱いだときから、お貸元に命を預けているようなもんでござんす。およばずながら、あっしも一肌脱ぎやしょう」

他人事《ひとごと》にはまったく無関心な伊三郎だが、渡世の義理だけは愚直に果たしてきた。それを失ったら、ただの無宿者《やどなし》と変わらないからである。

同じ流れ者でも無宿者と渡世人とでは、雲泥《うんでい》の差がある。無宿者は人さまから施《ほどこ》しを受けて〝生かされている〟人間だが、渡世人は命を張って自力で〝生きている〟人間なのである。自力で生きている以上、他人の施しは絶対に受けない。受けた恩義は命をかけてでもかならず返す。それが伊三郎の生き方であり、唯一の矜持《きょうじ》でもあった。

「──重ねてお断り申し上げるのが本意でござんすが」

清之助が板敷きに両手を突いて頭を下げた。

「それではかえって失礼さんにござんす。お言葉に甘えて、ご厚情ありがたくちょうだいいたしやす」

「清之助さん」

伊三郎は立ち上がって、燭台の前に座り直した。彫りの深い伊三郎の顔が、燭台の明かりを受けてくっきりと陰影をきざんでいる。

清之助は顔を起こして、すくい上げるように伊三郎を見た。

「ずばりお訊ねしやすが、十人の身内衆で勝てる目算はあるんですかい」

「へい」

とうなずいて腰を上げると、

「伊三郎さんにお見せしてえものがありやす」

清之助はそういって広間を出て行ったが、すぐに細長い包みを持ってもどってきて、その包みを伊三郎の前で開いた。中身は火縄銃──橋のたもとで、はじめて清之助に出会ったときに持っていた、あの銃だった。

「こいつが身内十人分の働きをしてくれやすよ」

黒光りする銃身を愛《め》でるように撫でながら、清之助は自信ありげに笑ってみせた。

2

翌朝七ツ半（午前五時）ごろ——。

暁闇《ぎょうあん》につつまれた下田街道を、厳重な身ごしらえの男たちが隊列を組んで、粛々と北に向かって歩いていた。隊列の先頭を行くのは清之助と伊三郎である。

清之助は襷《たすき》がけに鉢巻き、黒の手甲脚絆《てこうきゃはん》、尻っぱしょりに薄鼠《うすねず》色の股引《ももひ》きという喧嘩支度、右手には火縄銃をたずさえている。一方の伊三郎はいつものように三度笠《さんどがさ》に引廻しの道中合羽、腰に長脇差《ながどす》を落とし差しにしている。

二人のあとには清之助同様、襷《たすき》がけに鉢巻き、尻っぱしょりの八人の子分が、手に手に長脇差、竹槍、鳶口《とびぐち》、斧《おの》などの得物《えもの》を持ってつづき、隊列のしんがりには、二台の大八車を曳《ひ》いた二人の子分がついている。

雨がやんで気温が上がったせいか、街道には煙幕《えんまく》を張ったように白い朝靄《あさもや》が厚く立ち込めていた。二、三間（約三・六〜五・四メートル）先も見えないほどの深い靄である。さながら白い闇だった。

　嵯峨沢橋の手前にさしかかったところで、先頭を行く清之助が足を止めて背後を振り返り、左手を高々と上げた。それを合図に、隊列のしんがりについていた二台の大八車がガラガラと車輪の音をひびかせて駆け寄ってきた。

　清之助の指示で、二台の大八車が街道をふさぐように横に並べられた。さらに斧を持った数人の子分が、路傍の木を伐《き》り倒して大八車の後方に丸太の柵《さく》を築き、それに逆茂木《さかもぎ》をかけた。半兵衛一家の通過を阻止するためのバリケードである。

　作業は一刻（二時間）ほどで終わった。十人の子分たちは、あらかじめ示し合わせた通りの陣形を作り、息をひそめて半兵衛一家の到来を待った。

　東の空にほんのりと曙光《しょこう》がにじみ、立ち込めていた朝靄がゆったりと流れてゆく。

　四辺の景色がしだいに鮮明に浮かびはじめた。

　静謐《せいひつ》な朝の冷気が張り詰めている。

　伊三郎と清之助は丸太柵の陰に身をひそめ、固唾《かたず》を呑んで街道の北を凝視している。

ふいに三度笠の下の伊三郎の目が鋭く光った。清之助の目も動いた。朝靄の奥に黒々と人影がにじみ立ったのである。

「きたぞ！」

清之助が低く叫んだ。道にかがみ込んでいた子分たちがいっせいに立ち上がった。

なだらかな登り坂を半兵衛一家の隊列が黙々とこっちに向かってやってくる。

伊三郎は素早く目で人数を読んだ。ざっと数えて二十五、六人。

隊列の先頭に立っているのは、喧嘩支度の半兵衛と若頭の留次郎、そして真崎弥左衛門だった。真崎は陣笠をかぶり、袖《そで》なし羽織に裁着袴《たつつけばかま》、手に長槍を持っている。三人のうしろに与市がつき、さらにそのうしろには喧嘩支度の二十二人の子分がついている。

隊列は木橋の手前で立ち止まった。大八車と丸太の柵のバリケードに気がついたのである。半兵衛が背後を振り返って大声を張り上げた。

「突っ込め！」

それを受けて、手槍や長脇差、突棒《つくぼう》などを持った十人の子分が、

「おうッ！」

と吶喊《とっかん》の声を上げ、きのうの雨でぬかるんだ道を、バシャバシャと泥水をはね上げながら突進してきた。半兵衛一家の精鋭ともいうべきこの十人が、先陣を切って相手の陣営に斬り込み、それにつづいて後詰《ごづめ》の十二人が一気に突入する作戦である。

突然、轟音《ごうおん》が鳴りひびいた。同時に先頭を走っていた一人が、

「わッ」

と悲鳴を上げてのけぞった。丸太の柵の陰から清之助が火縄銃を放ったのである。

銃声が周囲の山々にこだまして、尾を引くように消えてゆく。撃たれた男は木橋から川の深い渓《たに》に転落していった。橋を渡りかけたほかの九人が気勢をそがれ、腰を落として尻からうしろに引き下がりはじめた。

「怖《お》じ気《け》づくんじゃねえ。突っ込め、突っ込め！」

後方で留次郎ががなり声を上げている。

二発目の銃声が轟《とどろ》いた。斬り込み隊の九人は、思わず首をすくめて地面に身を伏せた。弾丸は男たちの頭上をかすめて、かたわらの木に着弾し、樹皮がバシッ

とはじけた。

斬り込み隊の体《てい》たらくに業を煮やした真崎が、

「半兵衛、後詰を突入させい！」

と声高に命じた。

半兵衛が背後を振り返り、手を上げて大きく振った。後詰の十二人が雄叫《おたけ》びを上げて走り出した。留次郎も走った。走りながら長脇差を抜き放っている。斬り込み隊の九人は、背後から突進してきた後詰の一隊にたちまち呑み込まれていった。

うおーッ。

地鳴りのような大喚声がわき起こった。

三発目の銃声が鳴りひびいた。

一人が胸板から血を噴き出して倒れたが、誰も見向きもしなかった。斬り込み隊と後詰とが一塊《ひとかたまり》となり、怒濤《どとう》のごとく木橋を駆け抜けて行く。

丸太の柵の陰で、清之助は四発目の弾薬を銃口に詰め込んでいた。

火縄銃の弾薬の装塡《そうてん》には、二十秒から三十秒かかるといわれている。まず銃口に盒薬《ごうやく》（黒色火薬を酒で練り、乾燥させて切ったもの）を押し込み、槊杖《かるか》（鉄の棒）で銃腔内底に強く突き固めて鉛の弾丸を詰めたのち、火皿に口薬《くちぐすり》（起爆剤）を盛って、火縄で点火して発射する。一発発射するごとにこの工程をくり返さなければならないのだから、当然速射や連射は利かない。白兵戦《はくへいせん》には不向きな武器なのである。

半兵衛一家の大集団が眼前に迫っていた。

伊三郎は長脇差を抜き放って、丸太柵の前に立った。背後に控えていた十人の子分たちも、それぞれ得物を構えて前進してきた。

ふいに車輪の音がひびいた。半兵衛一家の子分数人が二台の大八車を曳きはじめたのである。凄《すさ》まじい音を立てて、一台が右の斜面を転がって行った。

四発目の銃声が轟いた。

大八車の荷台に跳び乗った男が、銃声とともにはじけるように地面に転落した。

伊三郎は丸太柵の前に立ちはだかったまま、敵の動きをじっと見守っていた。

半兵衛一家はすでに三人の手勢を失っている。

だが、寄せ手の勢いは止まらなかった。もう一台の大八車を横倒しにすると、勢いを駆って七、八人が丸太の柵に突進してきた。

「野郎ッ！」

怒声を張り上げて、一人の男がひらりと柵を乗り越えて斬り込んできた。

間髪《かんはつ》を容れず、伊三郎の長脇差が一閃《いっせん》した。男は悲鳴を上げて地面に落下した。下からの逆袈裟《ぎゃくけさ》である。切断された腕が血を撒《ま》き散らしながら、伊三郎の頭上を飛んでいった。

突然、丸太の柵が前後に大きく揺れはじめた。五、六人の男が力まかせに柵を押し倒そうとしている。

「かかれ！」

銃に弾丸を詰めながら、清之助が大声で下知した。

三人の子分が丸太柵の前に走り出て、柵越しに竹槍を突き出した。鋭く尖《とが》った竹槍の先端が一人の男の首を刺しつらぬいた。

「ちくしょうッ！」

激しくくり出される竹槍を、もう一人の男が叩《たた》っ斬《き》った。

その間にも寄せ手の数はどんどん増えている。ドサッと音がして丸太柵の一部が倒壊した。押し寄せてきた半兵衛一家の子分たちが、そのわずかな隙間を突いて、文字どおり堰《せき》を切ったように雪崩《なだ》れ込んできた。

たちまち乱戦になった。

怒号、喚声、悲鳴が静寂な朝の冷気を引き裂いた。

双方入り乱れての死闘である。

伊三郎は道中合羽を翼《つばさ》のようにひるがえし、右に左に走りながら長脇差を振るった。まるで舞うような身のこなしである。立てつづけに叫び声が上がり、三人の男が血まみれでぬかるみに倒れ伏した。

「てめえ、勘蔵一家の助《すけ》っ人《と》か！」

留次郎が破《わ》れ鐘《がね》のような大音声《だいおんじょう》を発しながら、伊三郎に向かって突進してきた。

伊三郎はとっさに横に跳んで切っ先をかわすと、長脇差を脇構えにして留次郎のかたわらを風のように走り抜けた。

留次郎の体が大きく前に突んのめり、バシャッと泥水をはね上げてぬかるみに突っ伏した。脇腹がざっくり裂かれて白いはらわたが飛び出していた。

3

乱闘がはじまって四半刻（三十分）がたっていた。

ぬかるんだ道には、すでに十数人の死体が累々《るいるい》と転がっていた。あたり一面は血の海と化している。その死体のほとんどは半兵衛一家の子分たちだった。真崎と半兵衛、そして与市をのぞくと、半兵衛一家の手勢はわずかに八人に減っていた。

半兵衛方に一方的に多数の犠牲者が出たのは、三年前の抗争のあと、半兵衛が勢力を誇示するために半端《はんぱ》者ばかりをかき集めたためである。子分の大半は斬った張ったの喧嘩を経験したことのない小悪党だったし、長脇差さえ持ったことのないつぶれ百姓の小せがれも何人かいた。真っ先に命を落としたのはそうした連中だったのである。

一方の勘蔵一家は四人が倒され、伊三郎と清之助をふくめて八人。数の上では、ほぼ互角になっていたが、清之助の銃と伊三郎という強力な助っ人がいるぶん、勘蔵一家のほうがやや優勢に見えた。

闘いは激しい消耗戦になった。

双方とも疲労の色が濃い。手傷を負っている者もいれば、疲れ果てて戦意を喪失している者もいる。いまにも倒れそうに肩で大きくあえいでいる者もいた。

それでも怒号や喚声は鳴りやまなかった。

もはや斬り合いというより、肉弾戦の様相を呈《てい》しはじめていた。長脇差や手槍、鳶口《とびくち》などを打ち捨てて、取っ組み合いや殴り合いに転じる者が続出したためである。

混乱の渦の中を、伊三郎は長脇差を逆手《さかて》に持って駆け抜けた。斬りかかってくる者は誰もいなかった。前方に立っている真崎と半兵衛に向かって矢のように疾《しっ》駆《く》した。

「て、てめえ！」

半兵衛が長脇差を引き抜いて立ちふさがった。

「渡世の義理だ。死んでもらうぜ」

いいざま、逆手に持った長脇差を下から薙《な》ぎ上げた。半兵衛は右に体を開いて長脇差を払った。が、刀刃《とうじん》はうなりを上げて空《くう》を切っていた。

半兵衛が右に体を開いた瞬間、伊三郎はとっさに左に跳んで半兵衛の背後に廻り込んだのである。勢いあまった半兵衛は、たたらを踏んで前にのめった。その背中へ、叩きつけるような一刀が振り下ろされた。

声も叫びもなく、半兵衛は前のめりに崩れ落ちていった。

「お、おのれ！」

叫ぶと同時に、真崎が猛然と斬りかかってきた。さすがは武士の剣である。太刀ゆきの速さは生半《なまなか》ではなかった。伊三郎は上体をそらしてかろうじて切っ先をかわした。三度笠のふちがバサッと切り裂かれた。真崎がもう一歩踏み込んでいたら、間違いなく切っ先は伊三郎の顔面を叩き割っていただろう。

すかさず二の太刀が飛んできた。横殴りの一刀である。これも恐るべき速さであり、勢いだった。伊三郎は上体を沈めてかわすと、諸手《もろて》にぎりの長脇差を一直線に突き出しながら、真崎の内ぶところに深々と踏み込んでいった。捨て身の一撃だった。

「うッ」

真崎の口からうめき声が洩れた。顔の左半面が異様に引きつっている。伊三郎の長脇差が真崎の左胸をつらぬいたのである。切っ先は背中に突き抜けていた。

硬直した真崎の体が伊三郎の肩にのしかかってきた。押し倒すようにして、伊三郎は長脇差を引き抜いた。のけぞった真崎の左胸から泉水のように血が噴き出し、そのまま仰向けに倒れた。真崎は信じられぬような顔で絶命した。

杉江久馬を斬った下手人が真崎であることを、伊三郎は知っていた。『常磐屋』平右衛門の葬儀に参列したあと、平右衛門の死に対して、

「わしの身代わりになったようなものよ」

と半兵衛に語りかけた、あの一言ですべてを察したのである。

伊三郎の目のすみに、一目散に逃げ去る与市の姿がよぎった。身をひるがえして追おうとした瞬間、背後で銃声がひびき、与市がもんどり打って地面に転がった。

思わず伊三郎は振り返って見た。清之助が銃を構えて立っていた。銃口から細い硝煙が立ち昇っている。与市が逃げ出すのを見て、清之助は銃の照門《しょうもん》ものぞかず、腰だめに撃ち放ったのである。その一発が見事与市の背中を射貫いたのだ。

「親分が殺《や》られたぜ！」

乱闘の中、がなり声がした。とたんに半兵衛一家の子分たちが浮足立った。このときすでに半兵衛方の子分は六人に減っていた。その六人が脱兎《だっと》の勢いで逃げ

散った。

勘蔵一家の五人の子分が泥と血にまみれ、道のあちこちに虚脱したように突っ立っている。追い打ちをかける余力はもはやなかった。いずれも精根つき果てたという感じで、ただ茫然《ぼうぜん》と立っている。

闘いは終わった。

道のぬかるみに散乱している折れた長脇差や、切り落とされた手槍の穂先、刃先の欠けた鳶口などが闘いの凄まじさを生々しく物語っていた。

銃を片手に下げたまま、無言で立ちつくしている清之助のもとに、伊三郎はゆっくり歩み寄った。道中合羽が返り血と泥にまみれている。

「終わりやしたね」

伊三郎が低く声をかけた。清之助の顔にふっと笑みが浮かんだ。

朝靄がすっかり消えて、晴れ渡った空から春の陽差しがさんさんと降りそそいでいる。

勘蔵の家にもどると、四人の若い者たちが風呂を沸かし、朝餉《あさげ》の支度をととのえて待ち受けていた。その四人は親分の勘蔵からまだ盃《さかずき》をもらっていない、俗に「三下奴《さんしたやっこ》」、または「三下」と呼ばれる修行中の者たちで、喧嘩には参加していなかった。盃をもらっていない新参者を喧嘩に駆り出すわけにはいかないと、代貸の清之助があえてその四人をはずしたのである。

広間にしつらえられた朝餉の膳部の前で、風呂を浴びて傷の手当てを済ませた五人の子分たちが、黙々と飯を食っていた。

伊三郎の部屋にも膳が運ばれた。赤飯に尾頭《おかしら》つきの小鯛《こだい》、鴨《かも》肉の塩漬け、わらびのおひたし、吸い物、香の物、それに酒が二本ついている。豪勢な祝い膳だった。

食事が終わったのを見計らって、清之助が入ってきた。髷《まげ》を結い直し、新しい着物に着替え、小ざっぱりとした身なりをしている。

「伊三郎さん、親分がお呼びでござんすよ」

「へい」

立ち上がって、伊三郎は清之助のあとについた。

中廊下の奥の勘蔵の部屋の前で清之助は足を止め、襖《ふすま》を静かに引き開けて伊三郎をうながした。伊三郎は一礼して部屋に入った。奥の寝床に勘蔵が座っていた。

「い、伊三郎さん……」

軽くどもりながら、勘蔵は小さな目で伊三郎を見た。あいかわらず膝《ひざ》に置いた両手は小きざみに震えている。

「こ、このたびは……、一方《ひとかた》ならぬお世話になりやした。客人のおめえさんに、喧嘩の助っ人までさせちまって……、な、何とお礼をいっていいやら……」

「お貸元、お手をお上げになっておくんなさい」

病身の勘蔵をいたわるように、伊三郎が声をかけた。

「与市を仕留めたのは、あっしじゃありやせん。清之助さんでござんす。あっしは何もしちゃおりやせんよ」

「いや、いや」

勘蔵はゆっくり首を横に振った。

「い、伊三郎さんの助っ人がなかったら、せ、清之助だって与市を討ち取ることはできなかったでしょうよ。そ、それどころか、半兵衛一家との喧嘩にも負けていたかもしれねえ。……なァ、清之助、そうだろ？」

「御意《ぎょい》にござんす。伊三郎さんには十二分に働いていただきやした」

清之助も神妙な顔で手をついた。

「そういっていただくと、あっしも心おきなく湯ガ島を離れることができやすよ」

「今日、お発《た》ちになるつもりで？」

小さな目をしばたたきながら、勘蔵が訊いた。

「へい。親分さんにはこの場をもって御免こうむりてえと存じやす」

「お名残《なごり》惜しゅうござんすが、い、伊三郎さんにも都合がおありでしょうし、これ以上引き留めるのはかえって不作法にござんす」

そういうと、勘蔵はふところから財布を引き出し、五両の金を伊三郎の膝前に置いた。

「こ、これはほんの草鞋銭《わらじせん》、どうかお納めなすっておくんなさい」

「過分なお志《こころざし》、遠慮なくちょうだいいたしやす」

一礼して五枚の小判を受け取ると、伊三郎は丁寧《ていねい》に紙につつんでふところに納めた。金額の多寡《たか》は別にして、旅立つ客人に貸元が草鞋銭を残すのは、いわばこの世界の慣習であり、それを遠慮せずに受け取るのも、渡世人の作法であった。

「む、娘と孫もさぞ草葉の陰でよろこんでいるでしょう。ど、道中くれぐれもお気をつけなすって」

勘蔵が小さな目をうるませていった。

「ありがとうござんす。親分さんも末永《すえなが》くお達者で」

礼を返して、伊三郎は静かに退出した。

客間にもどると、真新しい三度笠と着物、股引き、手甲脚絆、手拭《てぬぐ》い、そして履き替え用の草鞋が二足そろえてあった。清之助が若い者に命じて用意させたのである。

伊三郎は振り返って、背後に立っている清之助を見た。

「何から何まで気を遣っていただいて申しわけござんせん」

「どういたしやして。旅中《たびちゅう》、お達者で」

「ありがとうござんす」

「では、ごめんなすって」

頭を下げて、清之助は足早に出て行った。

渡世人同士の別れは淡々としたものである。義理の貸し借りで成り立っている世界だけに、情をからめないのが相手に対する心づかいであり、礼儀でもあった。

伊三郎は汚れた衣服を手早く脱いで、身支度にとりかかった。

4

開け放った窓から、さわやかな風が吹き込んでくる。

春の温もりをふくんだ風である。

船原川のせせらぎの音を聞きながら、武吉は遅い朝食を食べていた。

船原温泉の湯宿の二階部屋である。寝る前にたっぷり湯につかったせいか、昨夜は久しぶりにぐっすり眠れた。夢もむすばぬほどの深い眠りだった。

目が醒めたのは五ツ（午前八時）ごろである。布団から抜け出すと、武吉は浴衣《ゆかた》のまま宿の裏手にある風呂場に向かった。風呂場といっても、岩場の湯溜まりを竹垣で囲み、四すみに柱を立てて、その上に板屋根をのせただけの完全な露天風呂である。

先客が二人いた。二人とも伝馬人足《てんまにんそく》ふうの体のがっしりした男だった。

武吉はその二人に軽く会釈《えしやく》して湯船のすみに体を沈めた。二人の男は武吉の存在を気にもせず、声高に話し合っていた。

「とにかく、えらい騒ぎだったそうだぜ」

「相当、死人も出たんだろうな」

「勘蔵方が五人、半兵衛方は十六、七人死んだそうだ」

「すると、数の上では勘蔵一家の勝ちってわけかい」

「そういうことになるだろうな。生き残った半兵衛一家の子分どもは尻に帆かけてずらかっちまったそうだぜ」

「で、親分の半兵衛はどうなったんだい」

「討ち死にしたそうだ。親分が死んじまったら、一家はもう立ち行かねえだろうと、大仁の村衆はよろこんでたぜ」

「これからおれたちの仕事もやりやすくなる。結構なことじゃねえか」

聞くともなしに二人のやりとりに耳を傾けていた武吉は、何食わぬ顔で湯から上がり、宿の部屋にもどった。そこへ女中が朝食の膳を運んできたのである。

——願ってもねえお膳立てだぜ。

味噌《みそ》汁をすすりながら、武吉は思わずふくみ笑いを洩らした。

半兵衛一家が消えてくれれば、誰に邪魔されることもなく千両の金を掘り起こすことができるし、その金を持って山を下りてきても、誰に咎《とが》め立てされることもないのだ。まさに願ってもない展開であった。

朝食を食べ終わると、武吉は素早く身支度を済ませ、宿代を払って表に出た。

空は一片の雲もなく、真っ青に晴れ渡っていた。

三度笠に照りつける陽差しも強く感じられる。四半刻も歩くと額にじんわりと汗が浮いてきた。きのうの肌寒さが嘘のような陽気である。

武吉は道中合羽を脱いで左の肩にかけ、左脚を引きずるようにして歩度を速めた。

下田街道に出た。

左手に狩野川の流れが見える。きのうよりはいくぶん水嵩《みずかさ》も減り、水の濁りも薄れていた。街道は真南に向かって延びている。歩を進めるに従って狩野川の流れは東に離れてゆき、やがて見えなくなった。

道はなだらかな登り坂になった。

街道の左右の景色も刻一刻と変化してゆく。目に映るのは緑におおわれた山ばかりである。もちろん人家なども見当たらなかった。思い出したように荷馬を曳いた馬子《まご》が通りすぎていった。ここまでの道中、人を見たのはその馬子だけだった。

ほどなく前方に木橋が見えた。嵯峨沢橋である。

橋を渡り終えたところで、武吉はふと足を止めてあたりに視線をめぐらした。

つい数刻前、勘蔵一家と半兵衛一家が死闘をくり広げた場所だった。道に累々《るいるい》と転がっていた死体は跡形《あとかた》もなく消えている。湯ガ島の村人たちが片付けたのだろう。

丸太の柵や逆茂木もきれいに片付けられていたが、道のくぼみに残っているどす黒い血溜まりや、横倒しになったまま放置されている大八車、散乱した武器の残骸などが凄絶な死闘の痕跡をとどめていた。

まだかすかに血の臭《にお》いがただよっていた。その血臭を嗅いだ瞬間、武吉の脳裏に半年前のあの事件が卒然としてよみがえった。

下田の廻船問屋『興津屋』に押し入ったときのことである。

その夜、武吉は手下の松蔵と源助、弥平、与市を引き連れて、『興津屋』の母屋の裏庭から屋内に侵入した。物音に気づいて奥から飛び出してきた二人の奉公人を、武吉は容赦なく斬りころした。そのとき四人の子分に、

「女子供は殺すんじゃねえぞ」

と釘を刺したのだが、凶暴な性格の松蔵はいうことを聞かなかった。幼い子供を抱えて逃げまどう若内儀《おかみ》（お佳代）を、武吉の目の前で刺し殺したのである。

「馬鹿野郎！　なんてことをしやがるんだ！」

逆上した武吉は、松蔵を殴り倒した。逃げる途中、松蔵に崖から突き落とされたのも、それを根に持ってのことだったに違いないと武吉は思った。

――あのとき野郎を叩っ斬ってりゃ、こんなざまにはならなかったのに……。

不自由な左脚を引きずりながら、武吉は気を取り直すようにふたたび歩きはじめた。

なだらかな登りの道を半刻も行くと、前方にもう一筋の川が見えた。猫越川である。その二つの川が合流するあたりに湯ガ島の集落が見える。

湯ガ島を過ぎると、登りの道はさらに険しくなった。下田街道最大の難所といわれる天城越えの入り口である。天城越えの旅人たちは、湯ガ島から先の道を「天城街道」と呼んでいるが、街道とは名ばかりで、実際には道幅一間（約一・八メートル）足らずの険阻《けんそ》な山道にすぎなかった。

視界の先には壁のように天城連山が横たわっている。その峰の上にわずかに青い空が見えるだけだった。傾斜の急な道はつづら折れに曲がりくねりながら、深い原生林へとつづいている。道を登るにつれて気温も下がってきた。

武吉は肩にかけた道中合羽を引き下ろし、ひらりとひるがえして身にまとった。

天城の原生林は、標高六百メートルぐらいまでは樫《かし》や椎《しい》、杉、檜《ひのき》などの常緑広葉樹や針葉樹が茂る暖帯林だが、それから上は橅《ぶな》や楓《かえで》といった落葉樹の多い温帯林になる。つまり、山の上と下では気候も樹木の種類も違うのである。

登りはじめて一刻半（三時間）もたつと、さすがに息が上がってきた。

勾配《こうばい》が急な上に、道のあちこちには大小の岩石がごろごろ転がっているし、樹木の太い根も張り出している。その根に蹴つまずいて、武吉は何度も転びそうになった。

長脇差を杖《つえ》代わりにして、さらに急峻《きゅうしゅん》な道を登ること一刻、周囲の景色が一変した。山が荒れている。昨年の九月の暴風雨が残した爪跡であろう。山の斜面のいたるところに土砂崩れで削り取られた跡があり、褐色の地肌を剝《む》き出しにしていた。斜面の下には、おびただしい数の風倒木《ふうとうぼく》が折り重なるように転がっている。

道もところどころ陥没していた。大きな陥没孔には、誰が架けたものか、数本の丸太が渡されてあった。その下は目のくらむような深い崖である。武吉は両膝を落とし、這うようにして丸太を渡った。難路どころか、まさに命がけの道行きである。

ようやく視界の先に青い空が広がりはじめた。

峠の頂に二本杉が立っている。伊豆半島を南北に分かつ天城峠である。

そこまで登り詰めるのに、さらに四半刻ほどかかった。左脚が鉛《なまり》の棒のように重い。杉の根方《ねかた》にどかりと腰を下ろすと、武吉は肩で大きく息をついた。

峠の南側から生暖かい風が吹き上がってくる。峠を一歩越えれば、そこはもう南国の陽差しがあふれる南伊豆である。

昨年の九月、廻船問屋『興津屋』に押し入って千両の金を奪った武吉、松蔵、源助、弥平、与市の五人は、下田から天城峠へと逃走し、頂上の二本松に到達したところで、突然暴風雨に見舞われた。横殴りの烈《はげ》しい雨と漆黒《しっこく》の闇に視界を閉ざされた五人は、いつの間にか道をそれて原生林の中に迷い込んでいたのである。

だが、その場所がどこなのか、武吉はよく憶えていない。

武吉は大儀そうに腰を上げて、二本杉の周辺を見廻した。

峠の東側の斜面に、数本の巨木が根こそぎ倒れていた。昨年の暴風で倒れた木である。それを見て、武吉ははたと手を拍《う》った。峠の頂に到着して間もなく、轟音とともに東側の原生林の木が数本倒れてきたことを思い出したのである。そのとき武吉たちはあわてて反対側の樹林に逃げ込んだ。東側から倒れてきた木を避けるために、反対側に逃げたとすれば、方角は西ということになる。

(よし)

とうなずいて、武吉はためらいもなく西側の原生林に足を踏み入れた。

樹齢二百年以上の杉や樵の古木がうっそうと生い茂り、地面には熊笹《くまざさ》や天城ツツジ、アズマシャクナゲ、アセビなどの灌木《かんぼく》が密生している。

西の空から差し込む木漏《こも》れ日を目標に、武吉は深い原生林の奥へと分け入っていった。

陽差しの傾き具合から見て、時刻は八ツ(午後二時)ごろだろうか。急に前方が明るくなった。まるで巨大な鉈《なた》で断ち割ったように原生林が途切れている。

近づいて見ると、長さ十四、五間(約二十五〜二十七メートル)にわたって、山の斜面が崩落していた。土砂崩れの跡である。崩落した大量の土が斜面の中腹に堆積《たいせき》して、台地のような地形を作っていた。

(そういえば、あのとき……)

武吉の記憶がよみがえってきた。樹海の中をさまよい歩いているうちに、突然、背後で地鳴りのような山崩れの轟音を聞いた。そのときの山崩れの跡が目の前の地肌を剝き出しにした斜面だとすれば、金を埋めた場所はもう間近にあるはずだ。

「間違いねえ、この先だ」

つぶやきながら、武吉は崩れた山の斜面に用心深く足を踏み出した。

と、そのとき、ふいに前方の茂みがザザッと揺れて、人影が飛び出してきた。

武吉は思わず息を吞んで立ちすくんだ。土が崩落してできた台地の上に、三度笠を目深《まぶか》にかぶり、引廻しの道中合羽をまとった背の高い渡世人が立っていた。伊三郎である。

「伊三郎さん！　……な、なんで、こんなところへ……！」

「おめえさんを待っていたのさ」

三度笠の下から、抑揚のない低い声が返ってきた。

「おれを待ってた？」

「そろそろ姿を現すころだろうと思ってな」

「どうやら、おめえさん、ただの渡世人じゃなさそうだな」

「そういうおめえも、ただの渡世人じゃねえだろう」

武吉の顔が硬直した。唇の端がひくひくと引きつっている。

「本名は武吉、盗《ぬす》っ人《と》一味のかしらだ」

「ま、まさか、おめえさん、半兵衛一家の廻し者じゃ……！」

「その逆よ」

「逆？」

「湯ガ島の勘蔵一家の客分だ。渡世の義理があって、おめえを斬りにきたのさ」

「ちょ、ちょっと待ってくれ！」

武吉は反射的に跳びすさった。

「な、何のことやら、おれにはさっぱりわからねえ！」

「おめえが知らねえのも無理はねえだろう」

「いってえ、どういうことなんだい」

「勘蔵親分のひとり娘が下田の廻船問屋『興津屋』に嫁いでいたんだ。その娘さんをおめえたちは情け容赦もなく斬り殺した」

「ま、待ってくれ」

武吉は手を振りながら、また一歩後ずさった。

「若内儀を殺したのはおれじゃねえ。松蔵だ。女子供には手を出すなと釘を刺しておいたのに、野郎は勝手に殺しちまったんだ。天地神明に誓っておれが殺《や》ったんじゃねえ。それだけはわかってくれ」

「いまとなっちゃ誰の仕業だろうと関わりねえ。そもそも、おめえがあんな事件《やま》を踏まなきゃ、勘蔵親分の娘さんは殺されずに済んだんだ。おめえの命を取らなきゃ娘さんも浮かばれねえだろう」

伊三郎が静かに長脇差を引き抜いた。

「冗談じゃねえ！」

わめきながら、武吉も抜いた。

「おれにはまだやらなきゃならねえことがあるんだ。こんなところでくたばってたまるかい！」

「千両の金のことか」

長脇差を構えながら、武吉は片手で三度笠を押し上げた。顔に薄笑いが浮かんでいる。

「伊三郎さん、おれと取り引きしねえかい」

「取り引き？」

「千両の金は二人で山分けだ。それで手を打つってわけにはいかねえかい」

「あいにくだが、おれは金に欲のねえ男なんだ」

「そうかい」

険しい顔で、武吉は長脇差を構え直した。

「どうしても、おれを斬るっていうのかい」

「そのために半刻も待っていたんだぜ」

「伊三郎さんの腕は先刻承知だが、おれだって伊達《だて》に裏街道を歩いてきたわけじゃねえさ。そうやすやすとは斬られねえぜ」

左脚を引きずりながら、武吉はじりじりと右に廻り込んでゆく。伊三郎は長脇差をだらりと下げたまま、微動だにしない。赤茶けた台地に二人の影が長く延びている。

武吉が間合いを詰めてきた。長脇差は中段につけている。

伊三郎はあいかわらず石地蔵のように突っ立っている。三度笠の下の表情を読み取ることはできない。武吉がまた一歩間合いを詰めた。

その距離およそ二間（約三・六メートル）。——と見た瞬間、
ばっ。

と何かが宙に舞い上がった。武吉が道中合羽を放り投げたのである。宙で大き

く広がった道中合羽が、まるで投網《とあみ》のように伊三郎の体をすっぽり包み込んだ。と同時に、武吉は地を蹴って伊三郎に斬りかかった。意表を突く奇襲作戦だった。

武吉の長脇差が道中合羽を切り裂いた。空を切るような軽い音がした。振り下ろした長脇差を膝の上で止めたまま、武吉は金縛りにあったように硬直した。その背中に長脇差の切っ先が突き抜けていた。

切り裂かれた道中合羽がふわりと落下し、そこに伊三郎の姿が現れた。腰をやや沈めて諸手にぎりの長脇差を武吉の胸元に突きつけている。武吉が斬り下ろすより一瞬速く、伊三郎が道中合羽の下から長脇差を突き立てたのである。必殺の刺突《しとつ》の剣だった。

伊三郎は一気に長脇差を引き抜いた。武吉の体がぐらりと揺れたが、かろうじて長脇差で体を支え、左膝を地面についた。右の胸から音を立てて血が噴き出している。

だが、息はまだあった。笛のような音を立てて肩で荒い息をついている。

伊三郎は長脇差を鞘《さや》に納めた。

「ひ、一つだけ……、教えてくれ」

あえぐように武吉がいった。

「な、なんで、おれがこの場所にくることが……、わかったんだ？」

「お甲さんの家で、おめえがぽつりとつぶやいた言葉が鍵になったのさ」

「お、おれがつぶやいた言葉……？」

武吉はうつろな目で伊三郎を見上げた。

「天城の山桜もそろそろ咲くころだろうと……。聞くところによると、天城峠で山桜を見ることができるのは——」

伊三郎は武吉に背を向けて、遠くに目をやった。

「あそこしかねえそうだぜ」

二人が立っている場所から二丁（約二百十八メートル）ほど先の山の斜面に、鮮やかな薄紅色の花を咲かせた大木が見えた。緑一色に染められた樹海の中で、それはきわだって華やかに輝いて見えた。

「あの木の根元に千両の金を埋めたとき、それが山桜の木だってことを知ってたのは、おそらくおめえと松蔵だけだったんだろう」

「…………」

伊三郎はふたたび武吉に向き直った。

「埋めた場所を憶えてなくても、あの山桜が花をつけりゃ一目瞭然だからな。それでおめえたちは春がくるのを待って伊豆に舞いもどってきたってわけだ」

松蔵がいっていた「山の兆《しるし》」というのは、それだったのである。

「そうか」

武吉が悔しそうに唇を嚙《か》んだ。白い唇がいっそう白くなっている。

「おめえさん……、あの千両を独り占めするつもりで、このおれを……」

「おれを恨んで気が済むなら、好きなだけ恨むがいいさ」

冷然といい捨てて、伊三郎は歩き出した。

「ち、ちくしょう。盗っ人の上前をはねるなんて……、てめえは汚ねえ野郎だ！」

背中に武吉の怒声が突き刺さった。断末魔の叫びにも似た声だった。そして一瞬の静寂のあと、どすんと倒れ伏す音がした。伊三郎の姿はもう樹海の中に消えていた。

5

伊三郎の目に満開に咲き乱れる山桜の木が映っていた。

樹齢を重ねた見事な大木である。四方に大きく枝を張り出し、枝の一本一本にびっしりと薄紅色の花をつけている。どこか誇らしげなその姿は、さながら花の楼門《ろうもん》だった。

伊三郎の視線がゆっくり幹の下へと移動していった。切り立った崖のふちに立つその木はやや北に傾き、太い根が何本か崖の外に飛び出していた。

伊三郎の目が一点にそそがれた。

根元の土を鍬《くわ》で掘り起こしている人影を認めたのである。意外にも、その人影はお甲だった。何かに取り憑《つ》かれたように、髪を振り乱して黙々と土を掘っている。

伊三郎はゆっくり背後に歩み寄った。気配に気づいて、お甲が振り向いた。

「伊三郎さん！」

驚くというより、殺気立った顔つきをしている。

「やっぱり、ここにきておりやしたか」

「伊三郎さんはなぜここへ？」

　警戒するような目で、お甲が訊き返した。

「おめえさん、徳兵衛から……、いや武吉から金を埋めた場所を聞き出したんですね」

「だから、どうだというんですか」

　お甲が嚙みつくようにいった。

「武吉にはもう用がなくなった。それであっしに殺させようとした。そういうことだったんじゃねえですかい」

「あたしはね。あの男に散々もてあそばれたんですよ。それだけの見返りをもらうのは当然ですよ。いったい何が悪いというんですか」

「別に悪いとはいっちゃおりやせん。ただ……」

「近寄らないで！」

　凄《すご》い剣幕でお甲は鍬を振り上げた。

「このお金はあたしのものなんだ。おまえさんなんかに鐚《びた》一文渡しゃしないよ！」

「あっしは金が欲しくてきたんじゃありやせんよ」

「じゃ、何しに……?」

「おめえさんに忠告しておきたいことがありやしてね」

「忠告?」

「その木の根元をよくごらんになっておくんなさい」

お甲は首を廻して、山桜の根元に目をやった。お甲が掘った穴のすぐ先の地面が大きくえぐられて崖に落ち込んでいる。

「一度掘って埋めもどした土ってのは、雨に流されやすいんですよ。おそらくきのうの雨で千両箱は崖下に流されちまったのかもしれやせん」

「ま、まさか……。いえ、そんなはずはありません。あたしを騙《だま》そうたって、そうはいきませんよ」

「あっしの用ってのは、それだけです。ごめんなすって」

さっと道中合羽をひるがえして、伊三郎は大股に立ち去った。

「ふん」

と鼻を鳴らして顔をそむけると、お甲はふたたび鍬を振り上げて土を掘りはじめた。すでに穴の深さは三尺(約九十センチ)ほどになっていた。だが出てくるのは石塊ばかりである。それでもお甲は狂ったように掘りつづけた。
樹海の中を風が吹き抜け、薄紅色の桜を花びらがひらひらと舞い散った。
うす紅に　葉はいち早くもえいでて
さかむとすなり　山ざくら花
湯ガ島の西平《にしびら》神社の歌碑にきざまれた、若山牧水《わかやまぼくすい》の歌である。

西の空に茜雲《あかねぐも》がたなびいている。

街道に長い影を落とし、伊三郎は南をさして足を速めていた。

次の継ぎ立て村・梨本《なしもと》を過ぎると、下田までは五里（約二十キロ）の距離である。その距離を一気に歩いて、今夜は下田に泊まり、明日の朝一番の船で房州に向かおうと思っていた。別に急ぐ旅でもないし、当てがある旅でもなかったが、なぜか一日も早く伊豆を離れたかった。なぜなのか、自分でもその理由《わけ》はわからない。

ただ砂を噛むような虚《むな》しさだけが、心の底にこびりついていた。

伊三郎は足を止めて、街道を振り返った。

黄昏《たそがれ》の空に天城連山が黒々と峰をつらねている。あの山の向こう側で、お甲はまだ穴を掘りつづけているのだろうか。

髪を振り乱して穴を掘りつづけるお甲の姿と、誇らしげに咲き乱れる山桜の花が奇妙に重なり合いながら、伊三郎の脳裏をよぎった。伊三郎は幻影を見たような気がした。

人の心の裏表を暗喩《あんゆ》しているような幻影を――。

注・本作品は、平成十六年十二月、ハルキ文庫（角川春樹事務所）から
刊行された、『血風　天城越え　渡世人伊三郎』を定本にしています。

渡世人伊三郎　血風天城越え

一〇〇字書評

切・り・取・り・線

購買動機（新聞、雑誌名を記入するか、あるいは○をつけてください）

- □（　　　　　　　　　　　　　　　　）の広告を見て
- □（　　　　　　　　　　　　　　　　）の書評を見て
- □ 知人のすすめで
- □ タイトルに惹かれて
- □ カバーが良かったから
- □ 内容が面白そうだから
- □ 好きな作家だから
- □ 好きな分野の本だから

・最近、最も感銘を受けた作品名をお書き下さい

・あなたのお好きな作家名をお書き下さい

・その他、ご要望がありましたらお書き下さい

住所	〒				
氏名		職業		年齢	
Eメール	※携帯には配信できません	新刊情報等のメール配信を 希望する・しない			

この本の感想を、編集部までお寄せいただけたらありがたく存じます。今後の企画の参考にさせていただきます。Eメールでも結構です。

いただいた「一〇〇字書評」は、新聞・雑誌等に紹介させていただくことがあります。その場合はお礼として特製図書カードを差し上げます。

前ページの原稿用紙に書評をお書きの上、切り取り、左記までお送り下さい。宛先の住所は不要です。

なお、ご記入いただいたお名前、ご住所等は、書評紹介の事前了解、謝礼のお届けのためだけに利用し、そのほかの目的のために利用することはありません。

〒一〇一－八七〇一
祥伝社文庫編集長　坂口芳和
電話　〇三（三二六五）二〇八〇

祥伝社ホームページの「ブックレビュー」からも、書き込めます。

www.shodensha.co.jp/bookreview